Johann Friedrich Reichardt

Leben des berühmten Tonkünstlers Heinrich Wilhelm Gulden

genannt Guglielmo Enrico Fiorino (Erster Teil)

Johann Friedrich Reichardt

Leben des berühmten Tonkünstlers Heinrich Wilhelm Gulden
genannt Guglielmo Enrico Fiorino (Erster Teil)

ISBN/EAN: 9783741112805

Manufactured in Europe, USA, Canada, Australia, Japa

Cover: Foto ©Raphael Reischuk / pixelio.de

Manufactured and distributed by brebook publishing software
(www.brebook.com)

Johann Friedrich Reichardt

Leben des berühmten Tonkünstlers Heinrich Wilhelm Gulden

Leben

des berühmten Tonkünstlers

Heinrich Wilhelm Gulden

nachher genannt

GUGLIELMO ENRICO FIORINO

***

Erster Theil.

***

Berlin, bei August Mylius.
1779.

Heinrich Willhelm Gulden, deſſen Leben ich hier beſchreibe, war der Sohn eines gemeinen Muſikanten in Thorn, der die Kunſt zum niedrigſten, verächtlichſten Gewerbe herabwürdigte, dem Bierſchenker durch den muthigen Strich ſeines Bogens und den hellen Klang ſeiner Geige Gäſte verſchafte, und den Gäſten Muth und Luſt zum Soffe.

Dieſer Mann, dem es nicht an natürlichen Fähigkeiten, auch eben nicht an Güte des Herzens, wiewohl gänzlich an Erziehung und Ausbildung fehlte, zeugte im Jahr 1735 am erſten März einen Sohn, und hieß ihn Heinrich Willhelm. Sein erſter Wunſch, da er den Knaben ſah, war dieſer,

daß

daß ihm Gott gesunde Finger, und Lust und Liebe
zur Tonkunst schenken möchte. Der Wunsch ward
erfüllt, der Knabe hatte gesunde Finger, ein gutes
Ohr, und im dritten Jahre schon Lust und Liebe
zur Tonkunst. Wie konnte das anders seyn? Das
erste Schreyen des Knaben ward durch Gesang und
durch den Ton der Geige in Lächeln verwandelt;
das erste und einzige Spielzeug des Knaben war
eine Pfeiffe und eine kleine Geige.

Die Beschäftigung des Knaben mit seiner Geige und Pfeiffe wurde für überwiegenden Hang,
für Bestimmung von Oben zur Tonkunst erklärt.
Es ward also bestimmt, er sollt' ein Tonkünstler
werden, und zwar — nach dem gemeinen Hange
der Eltern, aus ihren Kindern etwas mehr zu machen, als sie selbst sind, und sich dadurch noch in ihren Kindern zu erheben — ein Virtuose.

Im vierten Jahre fing der Vater an, seinen
Sohn in der Geige zu unterrichten, und erstaunte
nicht wenig, daß der Knabe das, was er ihm vor-
machte, oft eher nachmachte, ehe er es ihm noch
erklärt hatte. Denn der gute Mann wußte nicht,
daß ein Kind nur durch sinnlichen Eindruck, und
nicht

nicht durch Beweise und Erklärungen etwas faßt:
daß ein Kind das, was es sieht und hört, weit eher
behält, als das, was man ihm sagt; am wenigsten,
wenn man's ihm so sagt, wie die mehresten Eltern
mit den Kindern reden, und wie sie nur reden
können.

Es liegt auch hierinn der Grund, daß einige
Lehrmeister so vorzüglich geschickt im Unterrichten
der Kinder sind. Sie haben die Gabe, den Kindern alles sinnlich darzustellen, dem Aug' und Ohr
durch Bilder, durch Beyspiele alles so deutlich, so
begreiflich zu machen, daß sie gar nicht daran denken dürfen, den Verstand des Kindes zu beschäfti-
gen. Ich habe einen Mann von vieler gesunden
Vernunft gekannt, der hatte die Gewohnheit, wenn
er für seine kleinen Kinder einen Lehrmeister suchte,
so sah' er, wie er den ihm schon empfohlnen Mann
zuerst auf der Straße antraf, und fragte ihn dann
unerkannt um Zurechtweisung nach einer entfernten
Straße. Konnte dieser ihm, ohne viele Mühe, das
so recht deutlich machen, so war's sein Mann zum
Unterricht seiner Kinder.

Es giebt auch Lehrmeister, die durch ihre eigne
Unfähigkeit, durch Mangel an deutlicher Erkennt-

niß

niß der Sache, die sie lehren, gute Lehrmeister fü
Kinder sind. Denn sie sind gezwungen, den Kir-
dern alles sinnlich vorzustellen; gezwungen, allerley
Bilder aufzusuchen, und sie verschiedentlich neben
einander zu stellen. Einen andern Weg kennen sie
nicht. Deutliche Erklärungen und Beweise können
sie nicht geben, weil sie selbst die Gründe und Ursachen nicht wissen, wenigstens nicht deutlich erkennen. Dies ist oft die Ursach, warum mancher wenig gelehrte Kandidat in den Dingen, die er gefaßt
und behalten hat, ein besserer Lehrer für Kinder ist,
als mancher Mann von großer Gelehrsamkeit und
geringer Kenntniß des Menschen.

In jenem Fall befand sich denn auch der Vater
unsers Heinrich Willhelm Gulden. Er hatte
nicht die geringste gründliche Einsicht in die Tonkunst, und war also gezwungen, seinem Sohn alles
durch die Augen und Ohren beyzubringen. Und
wenn er hernach mit seinen kauderwelschen Erklärungen hinterdrein kam, so hatte es der Knabe zu seinem größten Erstaunen schon begriffen, ohn' ihm
doch ein Wort davon gesagt zu haben.

Dieses machte unsern Knaben bald zum Wunder der Stadt. Der Vater betheuerte einem je-

den,

ben, sein Sohn hab' alles von sich selbst, er hab'
ihm nicht das Geringste gesagt, nicht das Ge=
ringste gezeigt.

Es ist wahr, er hatte ungemeine Fähigkeiten,
oder bestimmter zu reden, er hatte sehr scharfe und
feine Sinnen, und vorzüglich ein sehr feines Gehör.
Dem Manne, der nicht Einsicht genug hatte, zu
erkennen, wie unvernünftig es von Eltern gehan=
delt ist, ihr Kind ehe zu etwas Gewisses zu bestim=
men, ehe nicht die höheren Seelenkräfte sich in ihm
entwickelt haben; dem war es wohl zu verzeihen,
daß er zu einer Zeit, da Sinne das ganze Eigen=
thum des Kindes waren, ein Gewerbe für den
schärfsten und feinsten Sinn des Kindes wählte.

Wie thöricht und unverantwortlich handeln aber
nicht die Eltern, die selbst Einsicht genug besitzen,
oder doch Fähigkeit und Gelegenheit haben, sich die=
se Einsicht zu erwerben, oder wenigstens einen ver=
ständigen Freund oder Obern haben, der ihnen ra=
then könnte; wenn diese schon in den ersten Jah=
ren der Kinder, aus niedrigen, eigennützigen, ehr=
geizigen Absichten, oder auch wohl, ohne selbst zu
wissen ,warum? ein Gewerbe für sie wählen, das

A 3   sie

sie entweder nicht erfüllen, oder das ihre Bestimmung nicht erfüllt.

Mir thut es im Herzen wehe, wenn ich einen
Menschen sehe, den die Vorsehung mit den höch-
sten Gaben des Geistes, mit großer Güte des Herzens zu einem wohlthätigen Werkzeuge ihrer Güte
ausgerüstet, wie dieser, durch seine Erziehung miß-
leitet, sein Leben in eitlen, läppischen Tändeleyen,
oder wohl gar in niedrigen Beschäftigungen hin-
schlendert, wohl gar so verwahrloset ist, daß er
auch des zufälligen Guten, das er außer seinem ei-
gentlichen Gewerbe noch stiften könnte, nicht einmal fähig ist!

Und wenn ich dann wieder einen elenden Menschen sehe, der weder hohe Gaben des Geistes,
noch Güte des Herzens besitzt, den man nur an
der aufgerichteten Gestalt für einen Menschen erkennt, wenn der, für die Welt eben so mißleitete
Mensch, die Bestimmung jenes zu großen Thaten
gebornen und erstickten Menschen erfüllen soll! —

Nicht umsonst gerath' ich hier bey der Bestimmung unsers Knaben in Eifer. Man wird in der
Folge

Folge sehen, wie sehr der unwissende Vater die wahre Bestimmung seines Kindes verfehlte.

Im sechsten Jahre, da andre Kinder sich im Lesen und Schreiben üben, konnte unser Knabe alle Polonoisen und Menuetten, auch englische, schwäbische, steirische und kosackische Tänze spielen. Anstatt daß andre Eltern für ihre Kinder Schulgeld bezahlen, brachte dieser schon oft der Mutter heimlich vier Groschen von den acht Groschen mit, die ihm die lustigen Tänzer im Wirthshause, mit Lobeserhebungen von tausend Flüchen begleitet, in die rothe Geige warfen. Heimlich, denn es hatte ihn schon manchmal weinen gemacht, daß der Vater nicht selten so grausam gegen die arme Mutter war, sie Hunger leiden zu lassen, und oft mit Schlägen zu mißhandeln. Sie war eine so gute Frau, daß sie oft mit Thränen eine halbe Stunde Ruhe für den armen Jungen erbat, wenn er schon vier, fünf Stunden unaufhörlich die Geige hatte spielen müssen, und zuweilen in Thränen und Gebet für ihn ganze Nächte durchwachte.

Er gab also der guten Mutter von dem verdienten Gelde stets soviel, als er nur vor seinen Va-

ter

ter verheimlichen konnte, und unterließ dieses nie,
ob er schon einigemal derb dafür vom Vater war
abgeprügelt worden. Ward's der Vater aber gar
nicht gewahr, daß die Gäste Geld in seine Geige
geworfen hatten, so wurde denn auch wohl ein Theil
zu Näschereyen angewandt. Doch mußte ihn auf dem
Wege zum Bäcker kein Bettler begegnen, denn er
hatte das Beyspiel oft an seiner Mutter gesehn, daß
es süß sey, den Nothleidenden wohlzuthun.

Auch konnte der Vater seinen Sohn in der Musikanten Bande schon für eine ganze Person rechnen;
und daher säh' er ihn bereits als ein sicheres Kapital an, von dessen Zinsen er künftig seinen Leib
pflegen wollte, und hielt ihn wie sein eignes Aug'
im Kopfe, das er zwar oft durch Bier und Wein
röthete, es auch oft im Taumel bläuete, aber nichts
destoweniger bey nüchternem Muth fürs Lesen nütz-
licher, guter Bücher, und für Thränen über sein
Elend und das Elend anderer, sorgfältig hütete.

So lebte nun der junge Gulden seine Tage in
der gleichförmigsten Unordnung hin. Des Morgens, wenn der Vater um eilfe erwachte, weckte er
seinen Sohn, und brachte ihm eine Tasse dicken
Kaffe

Kaffe ins Bette. Dann reckte er ihm die Finger, damit sie fein lang werden sollten. Drauf mußte er schnell aus dem Bette springen, die Geige er- greifen, und bis drey Uhr Nachmittags unabläßig spielen, um sich zur Mahlzeit dies oder jenes saure oder süße Essen, oder süßen Wein, oder für die Mutter ein Paar Schuh oder einen Rock zu ver- dienen.

Dies letzte war wirklich das stärkste Zwangs- mittel für ihn, und das um destomehr, da der Va- ter von des Sohnes Liebe zur Mutter den klügsten Gebrauch machte, und ihr schlechterdings nichts gab, was sie nicht durch seinen Fleiß erhielt. Daher hatte dieser denn auch die Belohnung, daß, so oft die Mutter jenen Rock, jene Schuh anhatte, es al- len Anwesenden mit großem vollen Maul in seiner Gegenwart verkündigt wurde: diesen Rock, diese Schuhe habe Heinrich der Mutter geschenkt.

Konnte er dann aber Nachmittags gar nicht mehr den Arm bewegen, so bekam er das Essen, welches oft schon drey Stunden in einer zinnernen Schüssel oder im kupfernen Kessel am Feuer gestan- den hatte. Unterdessen der Vater mit ihm aß, wo-

bey sie beyde schweres Bier tranken, mußte die Mutter Kaffe für den Sohn kochen. War dieser heiß
verzehrt, so mußt er wieder die Geige ergreifen, und
unabläßig bis acht Uhr spielen; alsdenn puderte ihn
der Vater die Haare, zog ihm den plüschnen Rock
an, den ihm ein alter abgedankter Lieutenant einmal
im trunkenen Muthe von seinem Leibe gegeben; und
war es Sonntag, auch noch die rothe Weste dazu,
die ihm der Vater mit unächten goldnen Tressen
hatte besetzen lassen, nebst Manschettenermeln; und
war es erster Feyertag, gar noch ein reines Hembde.

Zwischen acht und neun Uhr des Abends ging er
nun mit seinem Vater ins Wirthshaus, oder auf
die Hochzeit, oder auf einen Korintenball, und
strich da seine Geige, die ihm der Vater unter dem
Rocke hingetragen hatte, bis zum Anbruch des folgenden Tages. Hier sah' er nun alle die lustigen
Ränke und Schwänke, alle die niedrigen, ausschwei-
fenden Zeitverkürzungen und wollüstigen Handlungen niederträchtiger Kerle und schändlicher Weibs-
leute.

Seine gute, fromme Mutter suchte ihn zwar einen Abscheu und Schrecken dawider einzuflößen, indem.

dem sie ihm in der Einfalt ihres Herzens oft verfi-
cherte, daß darauf ewige Höllenstrafen folgten.
Was konnte das aber bey einem Kinde würken, das
keinen Sinn für die Zukunft hat, keine Erkenntniß
von Moralität oder Unmoralität der Handlungen
anders, als durch gegenwärtige Würkung erlangen
kann, was konnte das gegen den sinnlichen Eindruck thun! Selbst die dem Kinde schon näher lie-
genden Gründe von nothwendig drauf folgender
Krankheit und Gewissensunruhe hätten nichts gegen den lebhaften und öftern sinnlichen Eindruck
vermocht. Und wenn denn auch jene Vorstellung
der Mutter, oder vielmehr der hole ängstliche Ton,
mit dem sie's sagte, und der ausgestreckte Zeigefin-
finger nach dem glüenden Ofen, einigen Eindruck
auf dem Knaben machte, so konnte ihn dieses wohl
allenfals die plumpen, eckelhaften, abscheulichen
Streiche des Fleischhackers oder Windmüllers weniger schädlich machen; die feinern und um so viel
gottlosern Streiche des Friseurs oder Balbiers blieben ihm dennoch eben so gefährlich und ansteckend.

Wenn endlich die Gäste theils fortgetaumelt,
theils unter den Tischen und Bänken eingeschlafen
waren, so leerten die Musikanten, wenn sie noch
ver-

verm:'gend dazu waren, die herumstehenden Nei-
gen von Bier und Brandtewein, wovon dann unser Knabe auch sein bescheiden Theil bekam. Nachher taumelte er mit seinem Vater ins Bette, und
erwartete, durch den dampfenden Kaffe in der Hand
desselben, von schweren, ängstlichen Träumen,
zu einem ähnlichen Tage geweckt zu werden; und
das geschah dann wieder so sicher um eilf Uhr, als
gewiß die Sonne um vier Uhr aufging; es müßte denn den Abend vorher ein besonders wichtiges
Gelag in der Schenke oder Herberge gewesen seyn,
wovon dann die Musikanten gemeiniglich so voller
Beulen und Wunden nach Hause krochen, als die
Gäste selbst. Denn es war besonders unter den
Fleischhackern gebräuchlich, ihre großen Gelage damit zu beschließen, daß sie am Ende die Lichte aus-
löschten, und mit Stühlen und Bänken, und Tischen und Krügen blindlings aufeinander zuschlu-
gen, bis so einer nach dem andern die Thüre
fand, und das Feld räumte; dies behielt gewöhnlich
der Wirth, als der gefährlichste Feind in der
Schlacht. Er war einst selbst Fleischhacker gewesen, und hatte sich nun, des Würgens und Todt-
schlagens müde — denn sein Bauch wurde zu stark
— als Gastwirth und Herbergsvater zur Ruhe begeben.

geben. Bey solchen großen, wilden Gelagen pflegte er sich bey guter Zeit — gemeiniglich schon beym
zwölften Kruge Bier — allgemach zu entfernen,
und sein schweres Haupt zur Ruhe zu bringen. Hörte er aber den letzten wilden Lärmen, den Fleischhac-
ckernachtgruß, beginnen, dann pochte ihm das
Herz, er konnte sich länger nicht halten, nahm eine
Bettstolle, oder einen Ochsenziemer, den er noch als
Ehrenzeichen über sein Bette hängen hatte, und
eilte in den streitenden Haufen, schlug aus Leibeskräften mit darunter, und empfing auch wieder
Hiebe die Kreuz und die Quer. War ihm das Feld
geräumt, dann hinkte er wieder der Schlafkammer
zu; fragte ihn alsdann sein Weib, wo er gewesen?
so antwortete er ganz kalt; „Eck was enn beeten
„met dermauck schloagen."

Solche Schlachten liefen denn auch nicht ganz
fruchtlos für die Musikanten ab. Gemeiniglich begann der Tumult urplötzlich; Nacht und Sturm
brachen so schrecklich herein, daß die zwischen dem
Ofen und dem Brandtweinspinde eingeklemmten
Spielleute nicht schnell genug ihre Werkzeuge zu-
sammenraffen konnten. Da krochen sie dann hinter die große Baßgeige, die konnte aber nicht alle
faß

faſſen, ſie riſſen ſich darum, daß die ſchon Jahrelang
einſam tönende Baßſaite, die lange ſchon keine
mittönende Gehülfin neben ſich vernahm, mit
Sturmglockenlautigem Getöſe erſchallte. Dieſer
verrätheriſche Schall zog denn gemeiniglich das
Getümmel der Schlacht nach dieſen Winkel, und
nun hieben alle auf die für todt da liegende Gei-
ger und Pfeiffer.

Hatte nun der alte Gulden nicht beyzeiten
die Vorſicht gebraucht, ſeinen Sohn hinter dem
Ofen zu ſtecken, oder ihn in ſeinen ungariſchen
Pelz hinter ſich einzuknöpfen, daß man ſeine klagende Stimme nicht deutlich genug vernahm, ſo
richtete der ergrimmte Dermauckſchläger ſeine beſten Schläge auf den armen Knaben. Denn der
hatte einſt ſeinen zehnjährigen Jungen, da dieſer
ſich die Hände beſchmiert, und die Mutter ihm
zurief: „wiſch dich an die Muſikanten ab,“ und
er ſich am ſicherſten glaubte an den ſiebenjährigen
Heinrich Willhelm Gulden wiſchen zu können,
ſo gewaltig hinter die Ohren geſchlagen, daß ihm
das Blut aus Naſ’ und Maul geſtürzt.

Nach einem ſolchen großen wichtigen Gelage, bey
dem ſich die Schlacht auch hinterm Ofen gezogen,
brach-

brachte denn der alte Gulden mit seinem Sohne
den folgenden Tag im Bette zu, und rieb sich die
Glieder mit Kampfer und Branntwein, den er
beym Einreiben nicht selten beschnizte, und seufzend verschluckte.

In dieser Lebensart verflossen die köstlichsten
Jahre unsers fähigen Knaben, der es in seinem
achten Jahre schon wirklich zu einer bewunderns-
würdigen Fertigkeit auf der Geige gebracht hatte.
Er spielte selten eine Menuet nach der Vorschrift,
sondern veränderte selbige oft mit großen Schwierigkeiten, zuweilen auch, und das gemeiniglich für
sich allein, mit großer Annehmlichkeit und Simpli-
cität. Doch hatte er eine außerordentlich simple
und schöne Menuet, die er samt der herrlichen Melodie des Liedes: „Es ritten drey Reuter zum Thor
hinaus,“ niemals veränderte. „Es sind gar zu
schmucke Dinger,“ pflegte er zu sagen.

Es war einst an einem Sonntage, daß er bey
dem Burgemeister der Stadt spielte, und über einer elenden Menuet eine recht schöne Veränderung
machte. Man wollte die Veränderung gern aufs
Papier haben, und es wurde Dinte und Feder gebracht;

bracht; da ergab sichs aber, daß der arme Junge, der nun bald neun Jahre alt war, nicht die Feder zu halten wußte. Er malte indessen, die Feder in der vollen Hand haltend, seine Veränderung, zwar mit einigen Fehlern der Vorzeichnung, aber doch mit völlig richtiger Taktabtheilung, zum Erstaunen aller Anwesenden hin.

Auf das Zureden der andern ließ der Vater ihn nun von einem armen Kandidaten lesen und schreiben lehren, setzte dazu eine Stunde Sonntags Vormittags von zehn bis eilfe fest, damit nichts in der Hauptsache, der Geige, versäumt würde, und gab dem Kandidaten sechs neue Menuetten, und sechs Warschauer Polonoisen dafür, die dieser schon längst gern zu haben gewünscht, wofür der alte Gulden zeither aber einen Thaler und zwölf Groschen verlangt hatte.

Auch schrieb der lehrbegierige Knabe seinem neuen Lehrer alle englische und schwäbische Tänze heimlich auf, damit er ihm nur ein wenig mehr Rechnen lehren, und Geschichtbücher zu lesen geben möchte.

An

An einem Sonntage des Morgens aber, da der
Candidat eben eine schwere Aufgabe, die der Knabe ausgerechnet hatte, durchsah, und dieser währenb
dessen seinem Lehrer die neueste, letzte Polonoise
aufschrieb; fügte es sich, daß der alte Gulden, der
sonst noch immer Sonntags wie Wochentags bis
Eilfe im Bette lag, dazu kam. Aeußerst erzürnt
jagte er den Candidaten sogleich aus dem Hause,
mit dem Verbot nie wieder zu kommen, und den
Knaben prügelte er für den Unverstand gute Stücke
an andere zu geben, wacker ab.

Der arme Junge, der mit außerordentlicher
Geschwindigkeit und Scharfsinn das Rechnen geübt,
die alte griechische und römische Geschichte mit brennender Begierde studierte, und oft halbe Nächte,
bey zusammengestohlnem Lichte, Lebensläufe berühm-
ter und großer Männer gelesen hatte, wurde nun
seines Lehrers, und Bücherversorgers beraubt. Zur
Noth lesen, seinen Nahmen schreiben und den Ge-
winst von der Hochzeit zusammen rechnen zu können, hielt der Vater für hinlänglich. Alles übrige
meinte er, beschwere nur unnöthigerweise den Kopf
des armen Kindes, und hielte ihn von der wichtigsten Beschäftigung, der Geige ab. „Französisch,

B   Fran-

„Franzöſiſch ſollſt du mir lernen, ſobald nur des
„Herrn Sprachmeiſters achtjähriges Töchterchen
„ein bischen größer iſt, daß du ihr wieder die Gei-
„ge dafür lehren kannſt. "

Des Knaben Geſchicklichkeit in der Geige fing
wirklich an wichtig für den Vater zu werden. Der
Bürgermeiſter, der ſelbſt die Geige ſpielte, hatte
ihm damals zur Belohnung für die aufgeſchriebene
Veränderung zwey der ſchwerſten Concerte und
zwey Solos für die Geige gegeben: und in drey
Monaten ſpielte er dieſe vier Stücke mit bewun-
dernswürdiger Fertigkeit. Dieſes beſtimmte der
Vater zur Ausführung ſeines ſchon längſt gefaßten
Vorſatzes, mit dem Knaben, als mit einem Wunderthiere zu reiſen.

Er nahm all ſein bischen Haab und Gut zuſammen, um ſich und vorzüglich den Knaben, mit
ſo viel goldene und ſilberne Treßen einfaßen zu
laſſen, als er nur bezahlen und geborgt erhalten
konnte. Die alten Kleider wurden dazu theils um-
gewannt, theils von neuem aufgefärbt; und aus der
Mutter alten pohlniſchen Pelze, von ſchwerem Stof-
fe, in welchem die Apoſtelgeſchichte eingewürckt
war,

war, der auch schon seit der Mitte des vorigen Jahrhunderts ein Erbstück in der Familie der guten Frauen gewesen; wurden zwey Westen für unsern Knaben geschnitten.

Auch wurden ihm die Haare, die ihn bisher lockigt um die Schultern hingen, nach damaliger französischer Manier in Thorn, oben abgeschoren und an den Seiten zu Taubenflügeln frisirt, die gegen den anderthalb Viertel langen und eben so breiten Haarbeutel hinten zusammen schlugen.

Schwarze Halsbinden wurden für den Knaben aus der Florkappe der Mutter zusammengestickt; und von den Judenkanten womit die Brautküßen der guten Frau besetzt waren, sieben Paar Manschetten, und dazu von ihrem Brautlaken zwey Oberhemden gemacht, unter welche der Vater dem Knaben während der Reise die sieben Paar Manschetten nach der Reihe unterheften wollte.

Die zinnernen Schuschnallen wurden mit Kornbrandtewein und Kreide blank gepuzt, damit sie das Ansehen von silbernen Schnallen bekämen.

B 2   Die

Die schwarzen Zeughosen wusch der Vater mit
saurem Bier glänzend; mit Eßig puzte und steifte
er den alten Hut des Knaben auf, und sezte ihm
eine schwarze Feder drum, die ihm einst ein Land-
straßenbereuter auf einer Hochzeit, statt der gewöhnlichen vier guten Groschen für den Vortanz
gegeben.

Noch kaufte der Vater bey einem Trödler für
den Knaben eine einhäusige silberne Taschenuhr,
die zwar keinen Minutenzeiger, aber doch einen
Stundenzeiger hatte, der sich auch bisweilen bey
starken Erschütterungen fortbewegte. Daran wurde gebunden ein breites halbseidenes feuerrotes
Band, von dem Feiertagsbrustlatz der Mutter ab-
getrennt, und an dieses Band fünf Uhrschlüssel, drey
von Meßing, zwey von Stahl, die der Vater seit
vielen Jahren so gelegentlich gesammelt, und unter
andern Kleinigkeiten, als Rockknöpfe, Westknöpfe,
Ermelknöpfe, Bleistifte, Kämme, Brodkrumen,
Colisonium, Dämpfer und Reste von Wachslichtern
bey Judenhochzeiten eingesteckt, in der linken West-
tasche getragen hatte. Dazu noch die beiden silbernen Trauringe der Eltern, eine komische Devise,
und ein Cruzifix von Bernstein kamen.

Auch

Auch wurde in den Hosen des Knaben über der
rechten Hosentasche eine Oeffnung gemacht, um dieses Uhrwerk hinein zu stecken; über dieser Oeffnung
wurde ein großer knöcherner Knopf angenähet und
unten ein kleines Knopsloch gemacht, daß nur mit
großer Mühe über den Knopf ging. Wenn nun
das Werk glücklich darinnen war, so knöpfte der Vater mit Anstrengung aller Kräfte die Oeffnung zu,
und fügte mit großen Drohungen und hundert Flüchen und Schimpfworten den ausdrücklichen Befehl
hinzu, daß der Knabe nie selbst den Knopf aufknöp-
fen und die Uhr heraus nehmen, sondern dieses dem
Vater allein überlaßen sollte. Zehn solche Knaben
hätten den Knopf nicht bewegen können.

Der arme Junge hatte seine Noth mit dieser
Uhr: denn wohl zehnmal des Tages besah sie der
Vater, ob auch alles im Stande wäre, und jedesmal gehörte wohl eine viertelstündige Operation dazu, um sie heraus zu bringen. Auch hatte der
Junge, bey aller Eitelkeit und allem Eigendünkel,
der ihm so von allen Seiten eingeflößt wurde, noch
natürliche Schaam genug, sich des marktschreyerschen Uhrbandes zu schämen. Ließ ihn der Vater
allein ausgehen so steckte er das ganze Uhrge-

B 3 läute

läute in die unterste Hosentasche, damit es niemand sähe.

Er hatte dieses gleich den andern Tag gethan,
da ihn der Vater zur Schau, zum Nachbar zur
linken Hand schickte, unter dem Vorwande, zu fragen, wo doch der Herr Nachbar die gestrigen schönen sauern Gurken habe holen lassen. Wenn ihm
dieser das sagte, sollte er für einen Groschen Gurken auf zwey Tellern nehmen, und einen Teller an
den Nachbar zur Rechten, den andern an den
Nachbar gerade über hintragen, mit Bitte, nicht
übel zu nehmen, daß der Herr Vater und die Frau
Mutter freundlich grüßen ließen, und daß sie vor
etlichen Tagen saure Gurken eingemacht hätten,
und daß die Gurken gut geraten wären, und daß sie
sich die Freyheit nähmen ihnen ein paar davon zu
schicken, und daß sie ihnen einen guten Appetit wün-
schen ließen, und daß sie ihnen wohl bekommen
möchten.

Der Knabe, der kein Arg dabey hat, und gewiß
nicht auf den Gedanken kömmt, daß die Präsenta-
tion seines Uhrbandes der wahre Entzweck aller der
Gänge sey, steckt dieses aus Schaam, wie gesagt,

bey

bey Seke, geht zum Nachbar zur Linken, und erfährt daß der Mann selbst die Gurken einmacht und verkauft. Er hält darauf die beiden Teller hin, und bittet ihn auf jedem Teller für sechs Pfennige Gurken zu geben. Drauf fragt der Herr Nachbar von gegen über und der Herr Nachbar zur Rechten, die zum Unglück beyde da sind, um eins auf den fetten Kohl zu setzen, warum er die Gurken auf zwey Tellern nähme? Der Knabe erzählt ihnen dann ganz treuherzig mit alle dem daß, daß, daß, daß, daß er sie ihnen beyden hintragen sollte. Das erregt dann ein so schreckliches Lachen, daß der eine den Gurkentopf zu Boden wirft, und dem andern das Glas vor dem Munde springt.

Alle drey nehmen Stock und Hut lauffen zum alten Gulden, loben seine Kunst saure Gurken einzumachen, und danken herzlich fürs freundschaftliche Andenken. Der Alte der die wahre Ursache, warum er den Knaben geschickt nicht sagen darf, auch nicht Fassung genug hat es in Scherz zu verkehren, muß seine Aergerniß verbeissen, bis die Lachenden fortgehen, und ihm freyes Feld lassen den Knaben vorzunehmen.

B 4   Im

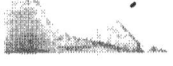

Im Hinausgehen und Begleiten der Gäste, —
denn er hatte die Gewohnheit seine Gäste bis auf
den Mittelstein der Straße zu begleiten, und dann
noch zu bitten, das Geleite mit zu nehmen —
da warf er schon, den Gästen eine gesegnete Mahlzeit wünschend, dem Knaben, der sich schmeichelnd
an seinen Arm hing, einen finstern drohenden Blick
zu, und stieß ihn von sich.

Kaum war die Thüre verriegelt, so ergriff er mit
der linken Hand den armen Knaben bey den Haaren, mit der Rechten griff er nach dem großen eichenen Baßbogen — denn es waren ihm auf den
Hochzeiten seit einem Monath schon dreyzehn Baßbogen von leichterem Holze zerschlagen werden —
und prügelte an dem armen Jungen seine ganze
Wuth über die fehlgeschlagene grobe List ab.

Der Knabe, dem für Schreck gleich Stimme und
Sprache vergangen, welches der Vater für Hart-
näckigkeit und Fühllosigkeit hielt, konnte endlich wieder schreien, und schrie: Ach mein Arm, mein
Arm! Hier hemte ein aufsteigender Gedanke im
Vater, an Capital und Zinsen, seine Wuth und er
ließ nach. Kaum fing der Knabe aber wieder an
zu schmeicheln und zu bitten, der Vater sollte doch
nur

nur weiter nicht böse seyn; so vermißte dieser die
Uhr an des Knaben Seite. Tausend Teufel!— —
und nun wieder mit der linken Hand nach den Haaren des Knaben, mit der Rechten den Baßbogen
verkehrt, und das so lange bis der Junge ohnmächtig vor ihm lag. Nun erst die Frage: Wo hast
du Kanallie die Uhr gelassen? Der Knabe ist
ohnmächtig, er hört nicht. Du willst nicht antworten Bestie? Und nun wieder einen Griff in
die Haare. Der Knabe erwacht. Die Uhr Bestie!
der Knabe zieht noch ganz ohnmächtig den Uhrband
hervor. Der Vater reißt voll mißtrauischer Unge-
duld und voll Boßheit den Knopf ab, der das Werk
verschließt; er sieht die Uhr noch unbeschädigt, hebt
den Jungen auf, trägt ihn aufs Bette, und schreit,
daß die Fensterscheiben klirren: Weib, Weib
Wasser, ungarisch Wasser, Magensekt. Der
arme Junge weint. Der Vater: Lach' Jungchen, lach', wein' nicht, bist auch mein liebes
Heinchen. Da, sieh hier, ich will dir auch
einen Gulden schenken, wein' nur nicht, lach',
Jungchen, lach'.

Der arme Junge verzieht den Mund zum
Lachen, er will gern das Weinen unterdrücken,

B 5   er

er kann aber nicht sogleich, und schluckset wieder um
desto stärker, je länger er es verbißen hat. Der
Vater, „Sieh doch so 'ne boßige Kröte: ich will
„dir bey Gulden: ein Quark sollst du haben: ists
„nicht genug, daß dein Vater dir gute Worte
„giebt? du Baseliste!"

Das Weinen und Schlucksen des Knaben legt
sich nun natürlicher Weise von selbst; er siehet den
Vater liebreich und bittend an. Der Vater:
„So mein Hänschen, nun bist du mein liebes
„Söhnchen, da hast du auch den Gulden. Was
„willst du nun mit dem Gulden anfangen?" Der
Knabe. „Ich will der lieben Mutter — aber
„schelt' er nur nicht, lieber Vater, — ich will der
„Mutter schwarz Band in ihre Sonntagskappe,
„und blau Band zu ihrer gelben Haube kaufen. —

Ich habe diesen Vorfall, der sich am Sonntage ereignete, eben dem Tage an dem der Knabe
zehn Jahr alt war, und an welchem der Vater
zum heiligen Abendmahl gewesen, so ausführlich
erzählt, um den natürlichen guten Charakter des
Knaben und seine abscheuliche Erziehung — zwey
so oft und fast allgemein vereinigte Dinge unter
den Menschen — in ein besseres Licht zu setzen.

Noch

Noch kaufte der Vater zur Ausstafirung des
Knabens einen kleinen Degen von Prinzmetal,
dessen Scheide er nicht vorsichtiger Weise vernagelte
oder verklebte — wie es wohl die Eltern vieler
adlicher Kinder wohlbedächtig zu thun pflegen, die
ihrem Knaben den Degen geben müssen, um ihn so
früh als möglich den dummen Adelstolz und die
tyrannische Herrschsucht des verdorbenen Menschen
einzuflößen, damit er nicht zur Beschämung seines
Vaters den wahren Adel. des Menschen, und die
natürliche Gleichheit der Menschen unter einander,
kennen lerne — er vernagelte oder verklebte die
Scheide also nicht: nahm aber wohl die ganze
Klinge heraus, und füllte die hohle Scheide mit
feinem Sand. Daran schleppte nun der arme Junge seine Ehre und seine Noth.

Nun stand der Knabe völlig ausstafiert da.
Man denke sich izt den ganzen marktschreyerschen
Anzug zusammen, und unter diesem Anzuge einen
allerliebsten Jungen mit großen blauen Augen,
hellbraunem Haare, einer nicht zu hohen sanft ge-
wölbten Stirne, einer sanft gebogenen Nase, einem
sanft gerundeten Munde, der immer freundlich
lächelte, und einem länglich runden Kinn. Diesem
lieb-

lieblichen Geſichte fehlte nichts als die feine Miſ
ſchung von weiß und roth bey geſunden Kindern,
denn ſein Blut war durch die unordentliche Lebens
art zu dick, ſtets zu ſehr in Wallung, und färbte
das Geſicht des Knaben unnatürlich roth. Auch
fehlte ihm aus eben dem Grunde die Zierde der
weißen Zähne. Er war überaus wohl gewachſen,
nur nicht größer und ſtärker als geſunde Kinder ge
meiniglich von ſieben bis acht Jahren zu ſeyn pflegen.

Der Vater kaufte ſich vom Trödler einen ſchar
lachrothen Rock, mit breiten goldnen oft gewaſche
nen und mit Marienglas gepuzten Treßen, den der
Trödler ſchon lange vom Scharfrichter des Orts
in Commißion hatte, und in welchem dieſer Ehren
mann ſeit zwanzig Jahren ſein Ehrenamt verrich
tet hatte. Dazu kaufte er ſich noch eine hellblaue
ſeidene Weſte, worauf allerley ſüdamerikaniſche Vö
gel von der hellſten, brennenſten Farbe gemahlt
waren, und die mit breiten Frangen und langen
Trodlen von ſchwarzer Seide und Silberdrath be
ſetzt war. Er vervollkommete dieſes Meiſterſtück
dadurch, daß er in den Zwiſchenräumen von dem
Schnabel des einen Vogels, zum Schnabel des
andern einige Linien Noten mit Silberfaden und
ſchwarzer Seide hinein ſticken ließ.

Ho

Hosen durfte er sich nicht neu anschaffen, denn er hatte sich nicht längst ein Paar fein kaibleberne Hosen angeschaft, die durfte er nur schwarz färben lassen. Waren auch gleich durch den letzten Vorfall im Wirthshause, da die besofnen Gäste auf den lustigen Einfall kamen, die ganze Musikantenbande zu zwingen, eine halbe Stunde auf Erbsen knieend zu spielen, die neuen Hosen an den Knieen durchgeschäuert, so wurde das durch die hochaufgezogenen Stiefeln bedeckt. Noch kaufte er sich einen alten gewaschenen und umgewandten Hut, mit breiter goldenen Treße, und einem Haudegen mit einer breiten Bärenklinge.

Nun fehlte es nur noch an Reisegeld und an Bestimmung der Art und Weise zu reisen. Es wurden verschiedene Projekte gemacht, und einige auch ausgeführt. Das erste war, daß der Vater die einhäusige Stundenuhr des Knaben, die fünf Thaler gekostet hatte, unter funfzig Subscribenten zu einem Thaler Einsatz ausspielte. Das sollte manchem schwer werden; allein er wußte das Ding von der Seite anzugreifen, von der in der gegenwärtigen Welt alles am sichersten ausgeführt ist. Er faßte die Herren von Seiten der Thor-

heit

heit, der Eitelkeit und des unzeitigen Mitleidens. Er und der Knabe zogen beyde ihre neuen Staats= kleider an und überfielen alt und jung bey dem Frühstücke.

Der Eintritt dieser Masken ins Zimmer erregte bey jedem ein ausgelassenes Gelächter: und das heißt bey gemeinen Menschenseelen, schon eine Schleuse zur Freygebigkeit geöffnet. Die andere öffnete sich der Vater durch seine Anrede: Euer Gnaden sind viel zu großmüthig und schene= röse, als daß sie nicht ein Werk der Barmher= zigkeit an diesem armen Knaben ausüben sollten u. s. w.

War noch eine Schleuse vor den Herzen des gnä= digen Herrn verschlossen, der oft auch ein Gewürz= krämer war, so hieß es: „Der arme Junge hat „kein ganzes Hembe, kein ganzes Unterkamsölchen; „zieh den Rock ab, Heinchen, zeig's dem gnädigen „Herrn; ich will ihm auch gern einen warmen „Ueberrock als ein ungrisch Pelzchen zum Winter „machen lassen, allein ich armer Schelm — —

Nun ergriff der weise, gütige, großmüthige Menschenfreund, der's nicht übers Herze bringen konn=

konnte, den Herrn Papa auf die Treßen seines und
des Knaben Rock zu verweisen, die Feder; ehe er
aber noch seinen Namen ganz zu Ende geschrieben
hatte, küßte ihm der alte Gulden den Ermel und
sprach mit flehender Stimme: „Wenn Euer Gna=
„den die Uhr gewinnen, sind sie auch wohl so gnädig
„sie dem armen Jungen zu laßen; es ist ein Pa=
„tengeschenk von seinem Großvater, die höchste Noth
„hat mich gezwungen, — Ja, ja, meinetwegen,
alter Geck, sagte der großmüthige Mann, und
warf ihm den Thaler hin, daß er dreymal hellklin=
gend um seine Füße rollte. So ging das in der
ganzen Stadt herum, und statt der im Plan be=
stimmten funfzig Personen, waren bald fünf und
neunzig beysammen. Was blieb aber davon zum
Reisegelde übrig?

Bey jedem errungenen Thaler kehrte der Vater
mit dem Knaben in ein Weinhaus, Caffehaus oder
beym Kuchenbecker ein, um den Schweiß seines
Angesichts zu trocknen; und da ging denn immer
ein drittheil des Thalers drauf. Bey der wirklichen
Ausspielung der Uhr war ein Concert versprochen,
und wurde auch gegeben. Dazu waren alle musikalische
Bierbrüder des alten Gulden eingeladen. Es ka=
men

men ihrer zwey und dreyßig zusammen; die fraßen
und soffen bis in die späte sinkende Nacht, und den
Morgen darauf betrug die Rechnung für sieben
Karpen, sechs gebratene Gänse, drey Spannfer-
kel, eilf Pfund Butter, zehn große Brodte, anderthalb Tonnen Bier und sieben Maas Brant-
wein, zwey und siebenzig zerschlagene Pfeifen und
fünf und dreyßig zerschlagene Gläser und Bouteillen,
zwey und dreyßig Thaler.

Da sie des Morgens früh um drey Uhr von dem
Schmauseplatz nach Hause kehrten, beschlossen sie
dem dasigen berühmtesten Pfefferkuchenbecker ein
niedliches Ständgen zu bringen. Dieser hatte sich
vor einigen Wochen einfallen lassen, die tragikomi-
sche Scene wie die ganze Musikanten Bande einst
auf Erbsen kniend mit gräßlichen Gebehrden, lustige Tänze spielen mußte, auf einem drey Ellenlangen
und zwey Ellenbreiten Pfefferkuchen, gar poßirlich
abzubilden. Dafür hatten sie denn geschworen, ihm
einen Streich zu spielen, nie aber fühlten sie so viel
Muth zur Ausführung, als eben jetzt, da sie mit
schweren Köpfen und leichten Füßen aus dem dicken
Tabacksdampfe, der längst schon die Decke der Stube schwarz gefärbt, in die freye frische Luft unter
klaren bestirnten Himmel hintraten.

Es

Es wurde also beschloſſen, daß jeder dieſer zwey und dreißig, ein Inſtrument nehmen ſollte, welches er am wenigſten ſpielen konnte, und ſo wollten ſie alle unter den Fenſtern des Pfefferku- chenbeckers, jeder aus einem andern Tone, oder in einer andern Stimmung das Lied ſpielen: O Eitelkeit, o Herzeleid, ich das nicht zu be- klagen.

Nun waren ſie unter den Fenſtern des Pfef- ferkuchenbeckers, und ohne weiter ſich um die Stimmung der Inſtrumente zu bekümmern, huben ſie die gräßlichſte Muſik an. Kaum hatten ſie die erſte Strophe des Lieds geſpielt, ſo beſchien der Mond, der bis jetzt die ganze Nacht einſame Fenſter beſchienen, ſchon hundert Nachtmützen und Nachtcorſets. Bald waren alle Fenſter ge- pfropft voll Menſchen, und bald hörte man vor lautes Lachen und Geſchrey das gräßliche Geheule der Spielenden nicht mehr.

Der Pfefferkuchenbecker, welcher bald gewahr wurde, daß der Spaß ihm gälte, und daß er der Gegenſtand des Gelächters ſey, beſchloß einen plötz- lichen Ueberfall; nahm ſein Weib, fünf Kinder,

C   zwey

zwey Gesellen, neun Lehrbursche, und die Magd
zusammen, besetzte mit den Weibern und Kindern
die obern Fenster, und gab ihnen alles wasserhal-
tende Geschirr im Hause voll gefüllt zum Geschütz,
er aber mit den übrigen Mannsleuten nahm alles,
was an Holz und Eisen im Hause beweglich war,
und lagerte sich inwendig vor die Hausthüre. Die
Thürglocke gab das Zeichen zum Ausfall; sie er-
klang, und nun entstürzten plötzlich aus schnellgeöf-
neten Fenstern alle im Hause enthaltene Feuchtig-
keiten, und in demselben Augenblick stürzten die
Bewafneten aus der Thür, und schlugen den schreck-
lichsten Takt zu der herzbrechenden Musik.

Der Altzesell, welcher die Schlacht kommandirte, fiel gleich über den alten Gulden her, der
mit einer großen Stocklaterne auf der Schulter an
der Spitze stand, und nach einigem Widerstande ent-
riß ihm sein Gegner die Laterne. Da ergriff der
alte Gulden die Flucht, sein Gegner verfolgte
ihn, ereilte ihn aber anfänglich nicht, bis Gulden
an einen breiten Rennstein kam, neben dem der
Mond durch eine enge Gasse einen schmalen Schein
warf. Gulden sieht den Schein für den Rennstein an, und springt über den Mond bis an die
Brust

Bruſt hinein. Nun ſteht er da feſt, ſein Gegner ereilt ihn, und ſchlägt ihm von hinten die große Laterne über den Kopf, daß ſie ihm wie ein nieꝛ derſächſiſcher Prieſterkragen ſtolz um den Hals ſteht, und der Stock wie ein franzöſiſcher Steifꝛ zopf hintenwegſtrozt, der manchen Franzoſen ſchon ſchützte, daß das Schwerdt des Feindes nicht in den Nacken drang, und in ſeinem Lauf ihn aufꝛ hielt.

Sieben andre muſikaliſche Mitglieder des grauꝛ ſamen Ständchens hatten ihre Flucht durch einen andern Weg nach dieſer engen Gaſſe genommen, wo eben der Mond zwiſchen hohen Giebelhäuꝛ ſern auf die Mitte der Straße fiel. Sie glaubten, die Straße ſey vom Waſſer überſchwemmt, welꝛ ches der breite Rennſtein zuweilen wohl verurſachꝛ te, und kamen auf allen Vieren unter den hervorꝛ ſtehenden holen Treppen der Häuſer, mit unglaubꝛ licher Mühe, unzähligen Kopfſtößen, und unbeꝛ ſchreiblicher Angſt durchgekrochen.

Gulden, dem die hole Klappe der Laterne geꝛ rade vor dem Maule lag, rief mit fürchterlichem holen Tone — fürchterlicher noch, als der auf Reiꝛ

ſen

sen befindliche hölzerne hochbeinige Archimedes durch
sein zwey Ellen langes Sprachrohr sich mit seiner
gegenübersitzenden kopfwackelnden Schönen unter=
redet — Hülfe! Hülfe!

Die Kriechenden nahmen das für einen neuen
Beweis, daß alles unter Wasser steht, und ziehen
sich den beschwerlichen und abscheulichen Weg unter
den Treppen wieder zurück, wodurch sich Gulden
wieder verlassen sieht, und nun voll Verzweiflung
den Rennstein lang neben sie her wadet. Bey der
letzten Treppe wird der junge Heinrich Gulden,
der unter den sieben Kriechenden war, durch eine
Oefnung gewahr, daß der im Wasser Wadende
sein Vater ist, schnell springt er hervor, will sich
ins Wasser stürzen, seinen Vater zu retten, tritt
aber, zum Erstaunen aller übrigen, auf trockenes
vom Monde beschienenes Steinpflaster, neben wel=
chem auf der einen Seite der alte Gulden im
Rennstein wadet, und auf der andern die übrigen
unter der Treppe hinkriechen.

Nach hundert lustigen Flüchen über ihre Blind=
heit, und langen Gelächter über den weinenden
Gulden mit neumodischem Kragen und Zopf, zie=
                                                    hen

hen sie sich allmählig nach dem Ort des Ausmar-
sches zurück, wo sie denn auch schon die übrigen
Verwundeten beysammen fanden. Neune waren
schwer bleßirt, die übrigen aber mit leichten Wunden und Beulen davongekommen; diejenigen, die
den engen Paß unter den Treppen defilirt hatten,
waren am übelsten an den Köpfen zugerichtet, da
war Beule an Beule.

Auch waren außer der zerschlagenen Laterne,
zwey Waldhörner, vier Fagotten, zwey Zinken,
drey Hoboen, ein Hackebrett und eine Trompete
sehr beschädigt, welche Reparatur der alte Gulden
von dem Uhrgelde mit acht Thalern bezahlen mußte. Dazu kam noch, daß siebzehn jener gnädigen
Herren nicht bezahlt hatten, und nachher den alten Gulden mit dem Nachttopf aus dem Fenster
drohten, wenn er zum andernmale stärker an die
Thüre klopfte. Es blieb also nach dieser genauen
Rechnung, von der ganzen Masse sechs Thaler acht
Groschen zur Reise übrig.

Dafür waren auf Rechnung eines andern völlig fehlgeschlagnen Projekts schon dreißig Thaler
Schulden gemacht. Denn es ist die Art aller

C 3 schwa-

schwachen unvernünftigen Projektmacher, daß wenn
sie so etwas im Kopfe ausgeheckt haben, sie sehr
bald mit dem Dinge so bekannt werden, daß sie
gar keine Möglichkeit mehr einsehn, wie das fehl,
schlagen könnte. Und nun borgen und leben sie
schon frisch drauflos, als wenn das schlechterdings al,
les so kommen muß, wie sie sichs dachten. Und
darüber wird denn noch selbst die Anwendung der
Mittel vernachläßigt, die es allein noch möglich
machen könnten.

Es wurde noch dieses und jenes versucht, allein
vergeblich. Kein ander Mittel blieb übrig, als nun
die Reise bekannt zu machen, von allen Gönnern
und Patronen Abschied zu nehmen, und bey dem
letzten Krazfuß die Hand so zu halten, daß wenn
etwas hineinfiele, es nicht verloren ginge. Das
geschah, und da der Vater beym Kommendanten
der Stadt anfing, und bis auf den Gewürzkrämer
herunter kein Glied der Kette menschlicher Wesen
unbetastet ließ, auch bey jedem seine Rolle mit dem
Knaben so spielte, wie dort bey Anwerbung der
Subscribenten zur Uhr, so kamen in siebzehn ab,
schiednehmenden Tagen, einhundert zweyundsiebzig
Thaler eilf Groschen fünf Pfennige zusammen.
Unge,

Ungerechnet die falschen und ungangbaren Münzen, die sich darunter befanden, und sich an siebenunddreißig Stück beliefen, von denen der Alte in kurzer Zeit zwanzig mitunterlaufend an den Mann brachte.

Zweyundzwanzig Thaler, die in den siebzehn abschiednehmenden Tagen wieder auf dem Wege in Erfrischungen drauf gegangen waren, und jene dreißig Thaler Schulden abgerechnet, blieben also reines Reisegeld einhundert zwanzig Thaler eilf Groschen und fünf Pfennige; und nun gings ans Anschaffen des Reisegeräths.

Nach langem Hinundhersinnen, und öfteren heftigen Berathschlagungen und Streitigkeiten, und zweymaligen Schlägereyen mit andern Biergästen, über die beste Art zu reisen, wurde folgende festgesetzt. Der Alte kaufte für sieben Thaler zwölf Groschen ein kleines, bucklichtes Pferd, mit Sattel und Zeug von einem polnischen Juden, darauf ritt er, den Knaben vor sich haltend, in beständigem Paß. Zu Fortschaffung der Mobilien und Instrumente, wozu der Alte einen großen hölzernen Verschlag von den Brettern seines Hühnerbodens

C 4   hatte

hatte machen laſſen, wurde ein Handſchubkarren
angeſchaft. Dieſen ſchob Johann Gürgel Roth⸗
bart, der bisher bey der Muſikantenbande des Orts
ſeines ſtarken Arms wegen, den großen Baß mit
dem vorerwähnten eichnen Bogen geſtrichen hatte,
und jetzt zum treuen Reiſegefährten und Bruder
des alten Gulden auf der Landſtraße, in den
Städten aber zum Diener deſſelben, erwählt wor⸗
den war.

Noch wurde vor dem Schubkarren mit einem
langen Stricke der alte ehrliche Kallax vorgeſpannt,
den der alte Gulden vor einigen Jahren von dem
Scharfrichter des Orts im Würfelſpiel gewonnen,
unterdeſſen dieſer treue Hund den Hof ſeines Herrn
treulich bewachte, und unter der zwar ſtrengen,
aber doch für Hungersnoth, Tollheit und Vergif⸗
tung ſichern Regierung ſeines Herrn zu leben und
zu ſterben glaubte. Er war dem Scharfrichter auch
um deſto knechtlich kindlicher zugethan, da er ihm
aus dem Hauſe des Herrn von Kallax auf Kallax⸗
burg verſtoßen, krank und ſchwach hingekommen,
von ihm, ſeines guten Fells und dicken Kopfs we⸗
gen, geheilet und ernährt worden war. Da man
dem Knechte des Scharfrichters, der ihn abgeholt,
nicht

nicht den Namen des Hundes dabey gesagt, so hieß
ihn dieser, nach seiner alten Gewohnheit, nach den
Namen seines vorigen Herrn, den alten Kallax.

In dieser Ordnung zog nun der alte Gulden
mit seinem Sohn, dem alten Rothbart, dem kleinen Schäcken und dem dickköpfigten alten Kallax am
ersten August 1747 zur Stadt Thorn hinaus, und
nahm seinen Weg nach Warschau, deren Einwohner
damals weit und breit berühmt waren an Neugierde
und Freigebigkeit für alle Wunderthiere jeder Art.
Ich will mich auf die Beschreibung aller der lustigen und närrischen Auftritte der Reisenden nicht
einlassen, einige aber kann ich doch nicht ganz ver-
schweigen.

Ehe ich meine Erzählung anfange, muß ich erst
sagen, daß unsre Reisenden durch die große Hitze
gezwungen wurden, sich der Last der Kleider zu
entledigen. Der alte Gulden zog seinen Rock,
seine Weste und sein Hemde ab, und behielt blos
ein weißes flanellenes weites Nachtkamisol an, so
er sonst unter dem Kleide zu tragen pflegte, seine
Perrücke legte er auch auf den Karren, und setzte
sich eine runde Kappe von weißem mit schwarzen

C 5   Fle-

Flecken gesprenkelten Schaffell auf. Ueber das
Kamisol hatte er das Degengehenk gespannt.

Der alte Rothbart, der die Meynung der Un-
garn hatte, daß ein Pelz im Winter für die Kälte,
und wenn er umgekehrt würde im Sommer für die
Hitze diene, hatte seinen langen weißen Schafpelz
umgekehrt auf dem bloßen Leibe, und nun schwitzte
er unter der Last des Pelzes, und schwamm im
Bade seiner Ausdünstungen, um nicht von dem
Schein der Sonne zum Schweiß gebracht zu werden.

Den armen Knaben hatte der Vater, der noch
wehenden Luft wegen, in seinen Mantel eingewi-
ckelt, und die sammte Reisekappe, wenigstens ganz
los, unter dem Halse zugebunden, damit er sich ja
nicht erkälte. Die Pelzschuhe, Pelzmütze und
Pelzhandschuh des Knaben, lagen auch auf dem
Karren.

So zogen sie gleich den Nachmittag des ersten
Tages, ohne es zu wissen, durch Kallaxburg.
Sie mußten dem Adelhofe, der Wohnung des Herrn
von Kallax, dichte vorbey. Indem sie nun eben

un-

unter dem Fenſter ſind, in welchem oben der alte
podagriſche Herr von Kallax liegt, und über den
komiſchen Zug vor Lachen vergehn will, erkennt der
alte vorgeſpannte Kallax ſeines vorigen Herrn
Haus, und ſträubt ſich, von der Stelle zu gehn.
Der alte Gulden, der kein Arges wähnte, hält es
für Faulheit, reit auf ihn zu, und ruft unabläßig:
Na du alter Kallax, du alter Racker, willſt
du wohl vorwärts! Der alte Kallax im Fenſter hört unten ſeinen Namen ſchimpfen, und
glaubt, die Kerls ſchimpfen ihn und ſein hochadli-
ches Podagra, geräth in Zorn, ſchreyt und läutet
nach ſeinen Bedienten.

Da indeſſen nicht gleich auf dem erſten Schrey
einer erſcheint, und er ſelbſt ſeines heftigen Podagra's wegen nicht vom Stuhle kann, ergreift er
die vor ihm ſtehende Schale voll Biſchof, und
wirft ſie dem alten Gulden, noch zu Pferde
ſitzend, und nach der Seite zum alten Hunde
ſtark übergebogen, grade über den Kopf. Dieſer
taumelt für Schreck vom Pferde, und glaubt, vom
dunkelrothen Biſchof überfloſſen, in ſeinem Blute
zu liegen.

Der

Der arme Knabe, den er im Reiten sich an-
geschnallt hatte, lag unter ihm, und war wirklich
in Gefahr, zu ersticken.

Der alte Rothbart bemühte sich, seine Sielen,
mit denen er an den Schubkarren fest war, loszumachen, um dem alten Gulden zur Hülfe zu ei-
len, war aber zu eilig darin, und fiel die Länge
lang mit den Füßen unter dem Karren.

Kallax war indessen beschäftigt, seinen Strick,
den er nicht zerreißen konnte, abzubeißen.

Nun kamen die Bedienten des Herrn von
Kallax mit Flinten ohne Läufe, Degen deren
Klingen fest in ihren Scheiden waren, Ofengabeln
und Ochsenziemern, zusammen, und wollten über
die Zigeunerbande, wie sie schrien, herfallen. Sie
fanden aber das Feld schon geräumt.

Rothbart indessen, der sich nicht wie Gulden
todt glaubte, sahe die feindliche Armee anrücken,
und wandte von neuem alle seine Kräfte an, auf
die Beine zu kommen. Nun waren aber die Hindernisse doppelt. Vorne die Sielen wie vorher,

und

und hinten eine Flintenkolbe und ein Degengefäß, die sich beyde um seinen Rücken zu streiten schienen. Diese verdoppelten stets ihre Stärke und Schnelligkeit, da der alte Rothbart unaufhörlich rief: Kallax, alter Kallax, du alter Racker, alte Bestie, in der Absicht, den Hund zur Hülfe zu rufen, der immer noch bemüht war, sich loszumachen.

Der Küchenjunge mit der Ofengabel, und der Hundejunge mit dem Ochsenziemer fielen indeß den alten Gulden an, der wie todt neben seinen Schäcken lag, und den Mund und die Augen fest zugekniffen hatte, damit ihm nicht sein eigen Blut, oder vielmehr der Bischof ins Maul laufen möchte. Er hielt auch fünf Schläge mit der Ofengabel, und sieben mit dem Ochsenziemer aus, ehe er den Mund und die festgeschloßnen Augen aufthat. Endlich aber erhob er ein fürchterlich Gebrüll, und wälzte sich auf die andre Seite, wodurch denn der arme Knabe Luft bekam, und sich hervorzog.

Unterdessen war der Hund losgekommen, und lief nun heulend und schmeichelnd zu den Bedienten, von den Bedienten wieder zum alten Gulden, dann wieder zu den Bedienten, und wieder zum alten Rothbart.

Der

Der Küchenjunge und der Hundejunge, die gewahr wurden, daß sich der alte Rothbart bemühte, wiewohl vergeblich, den alten Kallax auf die Bedienten zu hetzen, fielen nun über den Hund her, den sie nicht erkannten.

Dadurch gewann der alte Gulden Zeit, sich aufzuraffen, und sich nach seinem Kapital und Zinsen umzusehen.

Der Knabe hatte weinend das Knie des Küchenjungen umfaßt, und bat flehentlich für den armen alten Kallax. Dieser Anblick rührte den alten Herrn von Kallax am Fenster, der von oben herab die Schlacht kommandirte, gleich dem feurigen Admiral einer Flotte, der auf die Spitze des Hauptmastes gestiegen, um von da die Lage der Sachen genauer zu erkennen, und von oben herab seine Befehle hinabdonnert.

Durch den Anblick des Knaben gerührt, gab er Befehl zu einen Waffenstillstand, hieß die Gefangnen und rühmlichst Ueberwundnen vor sich führen, und schrie von oben herab: All die mordialische Blitz-Hagel-Wirthschaft mit herauf;

Alt

Alt und Jung, Esel und Hund, auch der Sap,
periments Ruckkasten und die ganze tausend
elementarische Wirthschaft.

Nun denke man sich den alten Gulden, wie
sein weißes flanellnes Kamisol und die weiß und
schwarz gesprenkelte Pelzkappe, von dem purpurro,
then Bischof überströmt, mit sehr mannichfaltigen
Sinnbildern und Karrikaturfiguren geziert war;
wie er, dessen klägliches Gesicht auch von Bischof
überströmt, blutige Thränen zu weinen schien,
nun gezwungen wurde, sich auf den Schäcken zu
setzen, und so die steile Treppe hinaufzureiten.
Nichts anders hätte ihn auf dem Pferde erhalten
können, als der Ochsenziemer zur Rechten, und die
Ofengabel zur Linken, denn mit jedem Fehltritt
des Pferdes glaubte er sein Grab zu erblicken. Um
das Maaß seiner Angst voll zu machen, amusirte
noch der achtjährige Junker des Hauses den Schä,
cken von hinten mit einer Spießruthe.

Unser guter Knabe wurde auf den alten Hund
gesetzt, und so die Treppe heraufgezogen. Mit
Gehen konnte der Hund nicht so recht vorwärts
kommen, da sich der sechsjährige Junker und das
fünf,

fünfjährige Fräulein des Hauses an den Schwanz
des Hundes angehangen hatten, und sich so mit
fortziehen ließen.

Den alten Rothbart, dem die Flintenkolbe
mit Oel und Pulver, Sonne, Mond und Sterne
auf seinen weißen Schafpelz gemahlt, den hatten
sie den schweren Bretterkasten auf dem Kopf gesetzt, und so mußte er sich die Treppe hinanarbeiten.
Was ihn sehr oft straucheln machte, war, daß sich
der vierjährige und dreyjährige Junker, und das
zweyjährige Fräulein des Hauses unter seinen langen Schafpelz versteckt hatten, ihm da das Brodt
und die Käse aus der Tasche mausten, und unter
dem Pelze zu verzehren begannen, bis sie von der
Flintenkolbe und dem Degengefäße, die noch immer
die Oberdirektion über den Rothbart führten, gelegentlich zwischen Rothbarts Beinen hervorge-
trieben wurden.

Den Zug beschloß der Hofmeister der jungen
Herrschaft, der eben aus dem Stalle kam, wo er
des ältesten vierzehnjährigen Junkers Grauschimmel
hatte striegeln und kartätschen müssen, weil der Junker selbst durch eine ritterliche Uebung, die ihm sein

gnä-

gnädiger Papa auf dem großen Saal vornehmen
ließ, davon abgehalten worden. Neben ihm, wiewol einen halben Schritt zurück, ging das erhitzte
älteste, sechzehnjährige Fräulein des Hauses, die seit
der Zeit, daß der Herr Hofmeister mit dem ältesten
Junker abwechselnd die Reitpferde striegelten, ganz
besondern Wohlgeruch am Pferdemist fand, und
deshalb oft den dunkeln Stall besuchte. Der gnädige Papa freute sich des hochadlich ritterlichen Ge-
blüts in ihren Adern herzinniglich.

Nun sind sie oben. Die Saalthüre geht auf.
Am äußersten Ende sitzt der alte podagrische Herr
von Kallax, erhebt sich mit dem halben Gesäße,
und ruft, so weit vorgebogen als er kann, dem Zuge entgegen: Aber ihr tausend mordialische
Höllenhunde — ha, ha, ha, ha! — Potz
Element, der Kerl sieht aus — und nun konnte er für baucherschütterndes Lachen nicht weiter.
Der älteste Junker, der von drey verordneten Straf-
stunden erst zwey auf dem hölzernen Esel in der
Ecke des Saals geritten, vergaß die Strenge seines gnädigen Papa's, und entsprang dem gebuldi-
gen Esel. Die gnädige Frau Mama, die eben in
der Küche beschäftigt war, ihr schwarzbraunes Ge-

2. D sicht

sich mit saurer Molken zu waschen, um es für
Sommerflecken zu bewahren, vergaß, sich abzu-
trocknen, stürzte mit dem weißen Milchgesichte in
den Saal, und sprengte ihren Schnürband mit
ausgelassenem Lachen.

Der alte Gulden, der sich gerne verantwor-
ten wollte, konnte sich auf keine Weise dem alten
Herrn von Kallax nähern; vom Pferde ließen
ihn seine bewaffneten Wächter nicht, und den Schäcken konnt' er auf keine Weise weiter vorwärts bringen. Dieses sein ängstliches Schweben und Streben verdoppelte das allgemeine Gelächter. Nicht
des alten Gulden Flehen, nicht des Rothbarts
Fluchen, nicht des Knaben Weinen, nicht des Hundes Heulen drang bis zu den Ohren des Herrn
von Kallax, alles wurde von dem schrecklichen
glasschmetternden Gelächter erstickt.

Kaum hatte aber der alte Herr von Kallax
wieder etwas Luft geschöpft, so schrie er, vorher
dreymal mit der Parforcepeitsche auf den großen
Tisch schlagend, durch all den Lärmen durch: Lustig, ihr Sapperments Hunde, lustig den
Ruckkasten ausgepackt, all eure Schnurrpfei-
fereyen

freyen heraus, alle eure tausendelementari-
sche Hockuspockus aufgewichst!

Gulden und Rothbarts Protestation, daß
sie keine Taschenspieler oder Marionnettenspieler
wären, daß in dem Kasten solche künstliche Sachen
nicht enthalten wären, wurden nicht angehört, der
Alte schrie nur immer: Rührt euch, ihr Hunde,
oder ich rühre mich. Auf dieses allen Sinnen
im Hause fürchterliche Machtwort fielen die Bedienten über den Kasten her, und schlugen ihn voneinander. Da lag nun die ganze bunte Wirthschaft vom Federhut bis zum Stiefelknecht, dabey
zwey Geigen und eine Menge Noten.

Musikanten sind's, Euer hochwolgebor-
nen Gnaden, rief ein Bedienter. Musikanten?
Potz Element, die Kerls kommen ja, wie ge-
rufen, als wenn sie der Erzengel Gabriel aus
einer Pistole vom Himmel herabgeschossen
hätte. Hans, lauf du gleich zu dem Musikan-
tengeschmeiß in der Schenke, sie dürften auf
morgen keine Musikanten kommen lassen, wir
hätten schon welche aufgegriffen. Lustig, eins
aufgewichst, du alte versoffene Pelzkappe!

D 2   Gul

Gulden sprach von reisenden Virtuosen, von
Königen und Kaiser — aber in den Wind. Aufge=
wichst, luſtig aufgewichſt! ſchrie der alte Herr
von Kallaf ohne Unterlaß. Endlich erhielten ſie
denn doch die Erlaubniß, ſich erſt zu reinigen, und
in klangbaren Stand zu ſetzen. Nun zog der gan=
ze Zug nach der Küchenſtube, da klärte ſich dann
das ganze Mißverſtändniß mit dem Hunde bald
auf, und die unverdienten Prügel wurden ihnen
mit Bier und Brandtwein und mancherley Spei=
ſen reichlich erſetzt. Auch wurden ſie mit dem
Herrn von Kallaf einig, zu ſeinem morgenden
Geburtstage dazubleiben, und einer Geſellſchaft
Dorfkomödianten, die zur morgenden Feyer ver=
ſchrieben waren, mit ihren Inſtrumenten behülflich
zu ſeyn.

Der alte Gulden hielt es für ſchicklich, den
Direktor der Komödianten ſeine Aufwartung zu
machen, und da der Knabe, der noch nie eine Ko=
mödie geſehn, gehört hatte, es würde den Abend
in der Schenke eine Vorſtellung gegeben, bat er
den Vater, ihn mitzunehmen. Sie ſetzten ſich
alſobald ins Zeug, und gingen im völligen Staate
nach der Schenke hin. Rothbart erſchien hier
                                        zum

zum erstenmale in seiner Livree: ein alter brauner
Rock mit steifen Schößen und kleinen zinnernen
Knöpfen bis unten herunter, gezeichnet mit großen
feuerrothen Aufschlägen und einem sechseckigten
Kragen, aus des alten Gulden ältesten plüschnen
Hosen geschnitten, dazu ein weiß kannefaßnes Ka‐
misol mit großen rothen Blumen; grüne Zeugho‐
sen mit goldnen Kniegürteln, und blaue wollne
Strümpfe. An dem großen Hut ein kleiner gold‐
ner Knopf, und eine siebenfache breite schwarze
Schleife von einem alten Haarbeutel: So wa‐
dete er durch den tiefen Sand nach der Schenke
voraus, um seine Herrschaft anzumelden. Der
alte Gulden hatte den Knaben, welcher im San‐
de nicht fortkommen konnte, unter dem rechten
Arme.

Der Direktor stand in dem großen Thore der
Schenke, und füllte es. Er war zum Direktor
einer solchen Gesellschaft geboren. Ein großer
starker Mann, gut gespalten, wadenreich, schenkel‐
fest, mit einem ansehnlichen Bauche versehen;
wenn er bey hoher Leidenschaft darauf paukte, so
fuhren alle Weiber zusammen, und nahmens für
Pistolenschüsse. Auch hatte er einen breiten Rü‐

D 3   cken,

cken, auf den Hanswurſts Pritſche oft wie eine
Rübe zerſprang, breite Schultern, ſtarke Aerme
und Hände. Wenn er ſie beyde zugleich erhob, ſo
pfiff die Luft um ihn; und wenn er ſeinen heroiſchen Schneller mit dem rechten Abſatze machte, er-
bebte die Erde unter ihm. Dabey ein ſtarkes,
volles, ſchwarzbraunes Geſicht, worin auch der
Kurzſichtigſte auf hundert Schritte Maul, Naſ'
und Ohren wohl voneinander unterſchied; eine
Stimme! — todte Ochſen zu erwecken; ein paar
Augen! — in beſtändigem Kreislaufe irrten ſie,
man hätte glauben ſollen, er ſähe mit Einem Blick
das ganze Firmament über ſich, alles feſte Land
vor ſich, alles Waſſer hinter ſich, und den Mittel-
punkt der Erde unter ſich. Er aß aber oft Fiſch
für Fleiſch, und Kartoffeln für Paſteten.

Schon wußt' er die ganze Mordgeſchichte von
des Herrn von Kallax Hauſe; mit gravitätiſcher
Gebehrde aber nahm er die Anmeldung eines rei-
ſenden Virtuoſen an, und ſchritt zwey und einen
halben Schritt dem alten Gulden entgegen. Dieſer ließ vor Schreck ſeinen Sohn unter dem Arme
wegfallen, da der Direktor ſeinen heroiſchen Schneller applizirte, und ſeine fürchterliche Stimme erhob, wie folget:

Di-

Direktor. Hrrrnhum! Es kann dem hochseeligen Schatten des großen allweit und allweltberühmten Eurripidus nicht gewaltiger Herz und Nieren für Freude erschüttern, wann er in den allweit und allweltberühmten —

Gulden (mit einem tiefen Bückling und Kratzfuß, daß der Absatz den Hintern berührte) Ey ganz gehorsamster Diener!

Direktor (mit unverwandten starren Blick und fürchterlich einförmig hohlen Ton ungestört fortfahrend) Hrrrnhum! Wenn er in den allweit und allweltberühmten elysischen Wäldern seinen großen und allweit und allweltberühmten Nachfolger Horratius begegnet, als es mich anjetzt in Herz und Nieren erfreut —

Gulden. (wie oben) Ey ganz gehorsamster Diener!

Direktor. (wie oben) Hrrrnhum! Als es mich anjetzt in Herz und Nieren erfreut, einen solchen großen allweit und allweltberühmten Mann

Gul-

Gulden (wie oben) Ey ganz gehorsamster
Diener!

Direktor (wie oben) Einen solchen großen all⸗
weit und allweltberühmten Mann von Angesicht
zu Angesicht zu sehen. Wie ist Ihr Name? darf
ich mich anders zu fragen erkühnen.

Gulden. (wie oben) Ey ganz gehorsamster
Diener! Ich heiße Michel Kasper Gulden,
und dies ist — ey komm doch hervor, Heinchen,
warum klemst du dich so furchtsam an mich —
dies ist mein Sohn, der es an Geschicklichkeit und
Stärke in der Violine gewiß allen andern Virtu⸗
osen zuvor thut. Wenn Sie hier eine Violine ha⸗
ben, soll er Ihnen gleich was vormachen.

Direktor. Ich ersuche indessen Dieselben, sich
die Mühe zu nehmen, allhier in mein gegenwär⸗
tiges Losement gefälligst abzutreten, und mir gü⸗
tigst zu erkennen zu geben, womit ich die Ehre
haben möchte, Denenselben aufwarten zu können.
Es ist kein Musentempel — denn ach! o großer
Jupiter! (hier pfiff die Luft um ihn) die Kunst
geht jetzt nach Brodt! Und auch der größte Mann

(hier

(hier geschah ein pistolenähnlicher Bauchschlag, daß der alte Gulden zurückfuhr, und der Knabe einen Schrey von sich gab) der größte Mann muß sich für zwey Groschen ohrfeigen lassen. Auch kann ich nicht mit Neckarr und Ambrrrosius aufwarten, aber Bierrr und Brrranddwein (hier geschah ein heroischer Schneller, daß die Splittern von der Hausschwelle davon flogen) Bierrr und Brrranddwein sind hier so gut, wie es die gegenwärtige allzugroße Hitze nur erlaubet, und steht Denenselben gar balde zu Diensten.

Gulden. (wie oben) Ey ganz gehorsamster Diener! Ein Glas Bier, wenn ich gehorsamst bitten darf, um den Herrn nicht zu verschmähen.

Nun traten sie in die Schenkstube, wo die ganze ehrbare Gesellschaft beysammen war. Hanswurst schnürte eben der im Hembde stehenden Kolombine das Schnürleib zu, und amüsirte sie dabey mit nicht gar verblümten und nicht handlungslosen Schweinigeleyen über die schwarze Perucke, die ihr zur ellenhohen Coeffüre diente; über ihre beyden vollen schwarzbraun angestrichenen Backen, und über die blaugebissenen Lippen.

D 5   Der

Der Direktor unterhielt indeſſen den alten
Gulden mit den beſondern hohen Verdienſten ſeiner Schauſpieler, verglich ſie mit hundert griechi-
ſchen und römiſchen Schauſpielern, deren Namen
wohl noch in keines Menſchen Ohr erſchallt, und
beſchloß denn damit, daß das letzte Ziel ſeiner
Wünſche und ſeines Beſtrebens dieſe hohe unſterb-
liche Ehre ſey, mit ſeiner Geſellſchaft nach Paris
zu gehen, die im Schutt und Moder vergrabene
Ehre der Deutſchen zu retten, und dann vor den
Thoren zu Paris — wie jener Beſenbinder vor
Hamburg — auszurufen: He, Paris! haſt du
Geld und Verſtand, hier iſt Waare!

Der alte Gulden, der von all dem nicht
zehn Worte verſtanden, und ſo ganz gelaſſen dabey
drey Krüge Bier ausgeleert, empfohl ſich dann,
und wurde von dem Herrn Direktor für ſein willi-
ges Ohr mit ſolchem Eifer umarmet, daß ihm die
Luft ausging, und ein ſchwarzer Schleyer zwiſchen
ſeinen Augen und der Sonne ſchwebte.

Kaum waren ſie aus der Schenke, ſo ergriff
der Knabe, der während der ganzen Scene keinen
Laut von ſich gegeben, ſich feſt an die Thüre geklemmt,

klemmt, und mit starren Augen den Direktor, den Hanswurst und die Kolombine angestaunt hatte, des Vaters Hand, und sagte: Ey, Vater, das war auch man eine dumme Komödie. Der Vater begriff jetzt, warum der sonst so dreiste Junge so ängstlich gethan, und versicherte ihm, es sey nur ein Besuch, aber keine Komödie gewesen.

Da sie nach dem Adelhofe zurückkamen, war's eben Essenszeit, und der alte Herr von Kallar hatte schon verordnet, daß Gulden, sein Sohn und Rothbart in der Küchenstube sollten gespeist und getränkt werden. Gulden aber erklärte gleich, daß er für seine Person mit seinem treuen Diener Rothbart sehr gern unten, und liebet, als an der hochadlichen Tafel essen wolle, seinen Sohn könne er aber so nicht erniedrigen lassen, der würde dadurch seine ganze Virtuosenreputation verlieren, der müste oben an des gnädigen Herrn Tische essen. Der alte Herr von Kallar lachte über den tausendelementarischen Pfiff, wie er's nannte, und nahm den Jungen, der ihm so schon beym ersten Anblick wohlgefallen hatte, an seinen Tisch.

Der

Der Knabe zeigte sehr bald seinen guten An¬
satz zum Saufen, und es ward zur Lust beschlos¬
sen, ihn dick und voll saufen zu lassen. Dabey er¬
zählte der alte Herr von Kallax, zur Bewunde¬
rung des Herrn Hofmeisters, und zur herrlichen
wiewol verborgnen Freude seiner Junker und Fräu¬
leins, wie er schon in seinem zehnten Jahre tapfer
habe saufen können, und beym Weine seine sechs
Pfeifen Taback rauchen. Auch hab' er da schon
sehr gut gewußt, sich mit Mädchen zu behelfen.
Um das Talent des Knaben auch hierin zu erfor¬
schen, wurde ein nettes, zwölfjähriges Mädchen
hereingerufen, die die gnädige Fräuleins bediente,
und dem Knaben wurde Freyheit gegeben, mit
ihr zu schäckern wie er wollte. Darin war er
nun aber durch die Vorsorge seiner guten Mutter
sehr unerfahren geblieben, und es kostete viel Mü¬
he, ihn durch Hülfe des Herrn Hofmeisters dahin
zu bringen, daß er sie küßte. Es war das erstemal
in seinem Leben, daß er den Mund eines Mädchens
berührte; sein Gesicht glühte heller, als der Bur¬
gunder in des Herrn von Kallax Glase, seine Au¬
gen funkelten, er zitterte am ganzen Leibe, auch währt'
es dann keine Viertelstunde, und er war so betrun¬
ken, daß er sich nicht mehr aufrecht halten konnte.

So

So wurd' er zu seinem Vater hinuntergetragen, der den abscheulichen Anblick aber nicht mit ansehn konnte, denn er lag schon sammt den alten Rothbart seit einer halben Stunde hinterm Ofen, und wußte von seinen Sinnen nicht. Die Bedienten — wie jederzeit Affen ihrer Herren — hatten mit dem Alten unten eben die Komödie gespielt. Doch war bey ihnen nur der erste Akt vorbey, der andre sollte angehen, sobald die dicke Liese mit dem Aufscheuern in der Küche fertig wäre, unterdessen, hofften sie, sollte der alte Gulden den halben Rausch abgeschlafen haben. Den Knaben legten sie indessen in der dicken Liese Bette zum Kopfende.

Ich übergehe die niedrige abscheuliche Scene, die die Bedienten in der Nacht mit dem alten Gulden und der dicken Liese veranstalteten und ausführten, bis zu dem Augenblick, da der arme Knabe erwachte, und sich neben seinem in Schande und Laster versunkenen Vater liegen sahe. — Wehe dir, armer Knabe, deine Unschuld ist dahin! ist durch deinen eigenen Vater getödtet!

Ich

Ich will von dem feſtlichen Geburtstage des
Herrn von Kallax weiter nichts berühren, als
die Komödie, die den Abend geſpielt wurde, weil
es das erſte Schauſpiel war, ſo unſer Knabe ſah.
Es war eine komiſche Tragödie, oder vielmehr ein
rührendes heroiſches Luſtſpiel. Die handelnden
Perſonen waren: der Kaiſer, der Erbprinz, eine gefangne Prinzeßin, die ſich am Hofe des
Kaiſers aufhielt, der Hofmarſchall des Kaiſers,
und der Hanswurſt. Die Scene war im Walde, wo der Kaiſer mit Kron und Scepter, und
die übrigen mit denen ihnen zukommenden Atri-
buten ſpazieren gingen.

Der Kayſer liebte die ſchöne Prinzeßin, der
Erbprinz auch, und nachdem ſie einige Reden aus-
geſtoßen über die kühle gar lieblich blaſende Luft,
über den blümerantblauen und eyerweißen Himmel, über die ſchweißtreibende und durſterweckende
Sonne, über den allem Vieh wolthuenden Schatten, auch der Kayſer — den der Direktor aus Leibeskräften vorſtellte — ſeinem Sohn einige Mark
und Bein durchdringende Tyrannenblicke gegeben,
dieſer aber nichtsdeſtoweniger mit den glänzendſten
Merzkaterblicken in die allerſchönſte aller Prinzeſ-
ſinnen

sinnen hineingeblickt hatte, so verloren sich die
Prinzeßin, der Erbprinz und der Hofmarschall im
dicken Gebüsche, und die beyden zurückgebliebenen
fanden, daß sie gemeinschaftlich entflohen waren.

Nun hielten der Kaiser und Hanswurst ihren
Rath, wie sie sie fingen und straften. Es ward
beschlossen, daß wer wiederbekommen würde, sollte
den Kopf verlieren. Hanswurst, der in ihrer gegenwärtigen Welt das einzige Geschöpf außer dem
Kaiser war, mußte das Scharfrichteramt überneh-
men, und es wurden ihm zehn Thaler für jeden
Kopf zugestanden.

Der erste, der sich finden ließ, war der Hofmarschall, er bekannte ohne viele Schwierigkeit,
dem Prinzen in der Entführung der Prinzeßin behülflich gewesen zu seyn, und bewies mit großer
Impertinenz aus dem A B C und Einmaleins
und allen Regeln des Rechts und der Politik, daß
er so hätte verfahren müssen, zweifelte schließlich
gar nicht an der übergroßen Gnade des Kaisers,
die ihm doch eigentlich auf die Beine geholfen und
hinten ausschlagen gelernt hätte. Aber der Kaiser
ergrimmte gar sehr, setzte die Luft gar mächtig in
Bewe-

Bewegung, bearbeitete seinen Bauch gar grimmig-
lich, erschütterte die Erde gar fürchterlich, und
donnerte dem vor ihm stehenden schnaufenden und
speichelleckenden und verschluckenden Sünder sein
Todesurtheil. Auch sollt' es gleich auf der Stelle vollzogen werden.

Da sank dem kleinen Held, der vorher patzig
und beißig wie ein feiger Stallhund gethan, der
Muth, er fiel nieder auf die Knie, und bekannte
vor Gott und seinem Herrn seine Sünden, wie
er von jeher ein feiger, hochmüthiger, gottesläster-
licher und undankbarer Schurke gewesen, um von
der Welt für etwas gehalten zu werden. Er wolle nun aber sein Leben bessern, und statt des vielen Fleisches Kartoffeln fressen, statt des Voltai-
re den Cubach lesen. Da aber der Kaiser abermals ergrimmte, hub der Kniende mit gräßlichem
Geheul an, ein geistlich Lied zu singen, worüber
dann Hanswurst, der mit dem Wetzen seines Sä-
bels beschäftigt war, so erschrack, daß er wol zehn
Schritt zurücksprang, denn er hielt es fürs Bel-
len eines aus dem Busch hervorspringenden Hundes. Auf den Wink des Kaisers springt er aber
wieder vor, und will auf den Kopf des knienden

Hof-

Hofmarschalls zuschlagen, indem erscheint aber
der Prinz und ruft: Bitte mit der Execution
nicht so gar schleunig zu verfahren, denn
wenn dieser, mein treuer Gefährte stirbt, so
sterb ich auch.

Großer Kampf des Kaisers, der sich in heftigen Bauchschmerzen und würgendem Halsweh
gar deutlich äußert: sein einziger Sohn! sein
Thronfolger! — aber auch sein Nebenbuhler, ein
bereits Verurtheilter.— Wohl! er fahre dahin.
Der Prinz kniet zur Linken des Hofmarschalls;
der Hofmarschall weiß aber eben so gut zu ster-
ben, als er zu leben wußte, und komplimentirt
ihn auf den Knieen zur rechten Hand. Er betheuerte dabey, so lang' er sein Amt verwaltete
es nie gelitten zu haben, daß ein Adlicher zur
Linken eines Bürgerlichen vor Gott gestanden
hätte, sich auch selbst nie der Sünde theilhaftig
gemacht, zur Linken eines Bürgerlichen ein Vater Unser zu beten, und sollte izt noch am Rande des Grabes den Gräuel sehen, daß ein Prinz
zu seiner Linken stände. Nein, bey Gott nicht,
rief er aus, und rutschte auf den Knien zur linken
Hand hin.

E   Hans-

Hanswurst wetzt wieder sein Schwerd, will
nach Standesgebühr beym Prinzen anfangen, da
erscheint aber die Prinzeßinn mit jämmerlichen Geschrey: auweh, Herr Jemine! wann dieser
stirbt, so sterb' ich auch: und so wirft sie sich
neben dem Prinzen. Der Hofmarschall will zu-
springen sein Schnupftuch unter zu spreiten, wird
aber durch einen Scharfrichterlichen Kopfschlag
des Hanswursts in Positur erhalten. Hanswurst
der nun die Liebe und Reue des Kaisers fürchtet,
und doch nicht gerne dreyßig Thaler verlieren will,
wezt schneller sein Schwerd und will schon auf
die Prinzeßinn losschlagen; allein der Kaiser stößt
ihn zurück, sticht den Scepter in die Erde, nimmt
die Krone ab und sezt sie auf den Scepter, kniet
neben der Prinzeßinn nieder und sagt, mit Augen
des sterbenden, abgestochenen Kalbes sie anblikend
— Nein wann diese stirbt, so sterb' ich auch.

Hanswurst: Juchhey, gar volle vierzig Thaler! nun lustig zu Werke. — Aber Narre, wenn
der da stirbt (auf den Kaiser zeigend) wer bezahlt mich dann? — — — — (er sticht seinen
Säbel neben dem Scepter in die Erde, sezt seinen runden Hut drauf, kniet neben dem Kaiser
nieder

lieber und sagt seufzend) Nein, wenn dieser
stirbt, so sterb' ich auch. Die Schauspieler
verneigten sich auf den Knieen und der Vorhang
fällt zu. Ende des Trauerspiels.

Nach dem Trauerspiele producirte sich unser
Knabe mit seiner Geige, und zeigte in einem Solo alle seine Tausendkünste und Hexereyen. Das
letzte Stück war eine Menuet mit unzähligen Va-
riationen, die eine Nachahmung aller itzt gebräuch-
lichen musicalischen Instrumente, nur nicht der
Singstimme, enthielt, und der Sprache und
Zeichen aller Thiere auf dem Felde, nur nicht die
Sprache menschlicher Empfindungen und Leidenschaften. Bald hörte man eine kleine Kinder-
pfeiffe, bald eine Querpfeiffe, bald eine Rohr-
flöte, bald einen Dudelsack, bald die Kniegeige,
bald ein Paar Waldhörner, bald Trompeten, und
hundert andre Dinge mehr, nur keine Geige:
bald hörte man wieder das Geschrey des Esels,
des krähenden Hahns, das Mauen der Katze,
das Wiehern des Pferdes, und tausend Natur-
mahlende Töne, nur keinen Ton der Liebe.

Aber dem alten Herrn von Kallax und übrigen Anwesenden durchdrang es Mark und Bein,
E 2 wohl

wohl hundertmal vergaß er sein Podagra, wollte
aufspringen, und die kleine Schlagblitzkröte für
Liebe zu Quarck drücken. Allgemein wurde
der Knabe am Ende des Stücks beklatscht und be-
küßt. Selbst die alte gnädige Frau die erst beym
letzten Bogenstrich in den Saal trat, konnte sich
an den runden rothen Backen des Knabens nicht
satt küßen.

Darauf folgte der Gesang von denen gnädigen
Fräulein des Hauses. Sie hatten im Hintergrunde
des Theaters das Bildniß ihres Vaters hingehan-
gen, worauf er äußerst marzialisch und eisenfres-
serisch als Husarenrittmeister gemahlt war, und
da der Vorhang aufgezogen wurde, standen die
Kinder unter dem Bilde, und sangen mit gräßlichen Stimmen, das Bild mit wohl eingebläuter
Zärtlichkeit anblickend, das bekannte Lied:

O schönstes Angesicht
Voll himmlisch hoher Zier
Laß deiner Sternen Licht
Inbrünstig strahlen mir. u. s. w.

Darauf wurde unser Knabe, den man erst auf
der Erde stehend zu wenig hatte sehen können, auf
einen Tisch gestellt, und so spielte er das tausend-
ele-

elementarische blitzhagel Ding, wie es der Alte
nannte noch einmal. Alles wollte für Freuden aus
der Haut fahren, und der alte Kallax schwur bey
allen Teufeln und allen Heiligen der Junge sollte
heute Abend seine letzte Bouteille Champagner
haben.

Tages darauf setzten unsre Reisende ihren Weg
fort und zogen auf Anrathen des Herrn von Kallax gen Danzig hin, um da den großen Jahrmarkt
mit zu nehmen. Zwey Stunden vor Danzig
war's, wo sie in einem kleinen von der Heerstraße
abgelegenen Dorfe am vierten Tage ihrer Wander-
schaft Mittag halten wollten, und da alles aufm
Felde war nichts als trocknes Brodt und saures Bier
bekommen konnten. Des grämte sich der alte Gulden so herzlich, daß die hellen Thränen über die
fluchenden Lippen flossen.

Da er so voll verzweifelnden Hungers auf beyden Armen gestützt, am Fenster steht, die Nase gegen die Fensterscheibe gequetscht, mit den obern Zäh-
nen übers Glas hinfahrend, sieht er auf einmal
aus dem gegenüber stehenden Pfarrhause ein altes
hageres Weib heraus schreyen: wer Lost hätt to
äten und to drinken bey komm her.

E 3 Gul-

Gulden fuhr mit dem Kopf gegen die Fensterscheiben daß zwey Scheiben sprangen, als wollt' er
gerade durchs Fenster ins Pfarrhaus hinein: be-
sann sich dann aber wieder, rafte seinen Knaben
zusammen, schrie nach dem alten Rothbart, der
unterm Schäcken krumm lag, und so stürzten sie
nach dem Pfarrhause. Gulden konnte sich nicht
enthalten aufm Wege überlaut auszuruffen: das
ist doch wahr und wahrhaftig wahr: wer
noch Menschenliebe und Freygebigkeit in der
Welt finden will, der such' sie bey den Geistlichen.

Nun muß ich meinen Lesern mit dem Pfarrer
und des Pfarrhauses Geschichte dieses Tages bekannt machen. Der Pfarrer dieses Dorfs war
ehedem in Danzig Kinderlehrer, hatte da unter
den reichen Bürgern der Stadt täglich Freytische
gehabt, und so seinen Leib an Fleisch und Wein
gewöhnt. Er hatte zu den Geburtstagen, Na-
menstagen, Hochzeit- Tauf- und Sterbetagen seiner Speisepatrone und ihrer ganzen Familie jederzeit gereimte Verse gemacht, und das erwarb ihm
dann ein Aemtchen. Die Pfarre war aber klein,
und warf nicht täglich Fleisch und Wein ab, deshalb

halb richtete der Pfarrer seine Diät so ein, daß er
täglich bey guter Zeit nach Danzig ging und sich
da bey einem seiner ehemaligen Speisepatronen den
Tag wohl schmecken ließ.

Er hatte die gute Gabe kleine Histörchen sehr
weitläuftig zu erzählen, und wußte es immer so zu
machen, daß jede Periode seiner Rede mit dem
Titel des Hausherrn, als: strenge Herrlichkeit,
nahmhafte Weisheit, Gestrenger Herr, hoch-
geehrter Herr u. d. g. anfing und schloß. Das
gefiel den guten Leutchen und sie gaben ihm da
zu löffeln und zu bechern daß er voll wurde.

Für Anstrengung seines Kopfs hatte er sich
immer sorgfältig gehütet, er konnte also etwas ver-
tragen, und fand jeden Abend richtig den Weg nach
seinem Dorfe. Beym Abschied pflegte er dann immer
tiefgebückt und mit halber weinerlicher Stimme zu
sagen: wann werden dann Eure strenge Herr-
lichkeiten einmal ihren unwürdigen Diener
die hohe Ehre erzeigen, ihn in seiner schlech-
ten Pfarrethey zu besuchen und sich da gefallen lassen was der Herr giebt. Jeder wußte
aber, daß er ihn nie zu Hause fand, und ließ sich

E 4 also

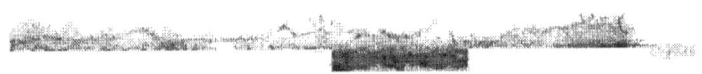

also die Luſt zu ihm hinaus zu fahren nicht an=
fechten.

Des Sonntags war er indeſſen doch der Pre=
digt wegen gezwungen zu Hauſe zu bleiben, den
hatte er aber Gott zu Ehren zu einem Faſttage
und ſeinem Magen zur Reinigung, zu einer gelin=
den Purganz beſtimmt. Seine ganze Haushal=
tung beſtand daher auch nur aus einem alten ha=
gern Weibe, die nun ſchon funfzehn Jahre bey ihm
von Gebet und kalter Küche lebte: Sonntags
kochte ſie ſich denn doch den dicken Kaffe auf, von
dem der Pfarrer die Woche über getrunken. Da
war denn auch Rauch in des Pfarrers Schorn=
ſteine.

Nun waren aber zwey Kaufleute aus Danzig
die die luſtige Lebensart des Pfarrers kannten, auf
den Einfall gekommen ihn einmal ſo früh zu über=
raſchen, daß ſie ihn nothwendig noch zu Hauſe fin=
den mußten. Um aber doch für den Schreck den
ſie dem Pfarrer abjagen wollten, nicht ſelbſt in Hun=
gersnoth zu gerathen, nehmen ſie mit ſich was auf
einen Tag für ſie und ihren Bedienten und Kut=
ſcher zur Leibesnahrung und Nothdurft gehörte,

als

als da sind: ein gebratenes Kalbsviertel, eine kalte
Pastete, einen Westphälischen Schinken, ein Stück
Hamburger geräuchert Pöckelfleisch, ein Paar ge-
räucherte Ochsenzungen, zwey Braunschweigische
Mettwürste, einen ansehnlichen Vorrath an But-
ter und holländischen, englischen und lymburger
Käse, eine Mandeltorte, drey schwarze Brodte
zwölf weiße; sechs Bouteillen Rheinwein, sechs
Bouteillen rothen Wein, sechs Bouteillen englisch
Bier, ein Fläschgen Ratafia aufs fette Essen zu
setzen, ein Fläschgen Goldwasser für die böse Mor-
genluft und Pomeranzen Essenz für die böse Abend-
luft: daneben hinlänglichen Vorrath an Kaffe und
Zucker, kleine Zwiebacken und Kringeln, u. d. m.

So fuhren sie mit Aufgang der Sonne aus der
Stadt dem Dorfe zu. Aufm Felde begegnen sie
noch einen Bekannten, der ein sehr lustiger spas-
hafter Mann ist, der da mit der Flinte nach Vögeln ausgeht: den bereden sie trotz seines natürlichen Abscheues für die leere Speisekammer und
den leeren Keller des Pfarrers mit zufahren, und
sich für heute mit ihren geringen Mundvorrath be-
gnügen zu lassen. Er steigt ein und nun gehts
im gestreckten Trapp gerade aufs Dorf zu.

Gleich

Gleich wenn man ins Dorf kömmt, fährt man um die Ecke der Kirchhofmauer herum und so in gerader Linie aufs Pfarrhaus zu. Das Haus hat in seiner Mitte die Thüre nach dem Kirchhofe, und eine ihr gegenüber stehende nach dem Garten hinten hinaus. Beide Thüren standen offen, so daß man gerade durchs Haus den schmalen Garten lang sah. Der Pfarrer, eben im Begrif seine Perücke aufzusetzen, wird die Antrabenden gewahr, schlägt seinen engen Schlafrock um die Beine, und so, hast du nicht gesehn, in gestreckten Galopp zur Hinterthür hinaus, den Garten lang und am Ende des Gartens in ein kleines bretternes Häuschen hinein, dessen er sich täglich, aus Danzig kommend zu bedienen pflegte, die Thürklinke und Riegel hinter sich zu.

Diesen Lauf des Pfarrers hatte im Wagen niemand als der lustige Mann bemerkt, den die Aufmerksamkeit auf die singende Vögel, die er leider im Fahren nicht schießen konnte, wach erhalten; die andern beyden Herren waren der vor ihnen aufgehenden Sonne wegen, gezwungen die Augen zuzumachen, und so almählig eingeschlafen. Jener behielts auch für sich. Beym Stillhalten des Wa-

gens

gens erwachen ſie, ſteigen aus und ſtoßen gleich an der Thüre, auf die alte hagere für Hunger und Angſt zähnklappernde Hausmagd.

Magd. Ach du mein allerſchönſtes Herr Je=mecke, wie ward ſeck dey lewe Herr Pfarrer ſchwahr ärgern. Es ock mann den lichten Ohgenblick wechgegangen, weehren ſey doch mann en kleen bäten freeger gekamen!

Kaufmann A. (Fünf Fuß hoch, vier Fuß breit, kurzgeſpalten, ſachte vor ſich herſchreitend, die rechte Hand aufm Stockknopf, einen ſchlafen=den Mops vorſtellend, die linke ausgeſpreutet aufm Bauch, den Kopf feſt in den Nacken ge=preßt, die lange Naſe mit Gewalt vorausgeſchickt, die großen runden Augen ſtarr vor ſich, den Mund ſaugend und ſchlurfend hin und her be=wegt —) Na, Na, — er wird ja wohl — bald — wiederkommen.

Magd. Oh Jemine, Neh! Hey hett hiede gahr ſchlach ſchwahr föhl to done enr Statt.

Kaufmann B. (Dem erſten an Geſtalt ziem=lich ähnlich bis auf die kleinen länglichen Augen,

ge=

gequetſchter tiefeingedrückten Naſe und die weit
hervorragende von Zahnfleiſch entblößten Zähne)
Ey ja, da helft nun keine Herzmutter; nun ſind
wir einmal da, nun wollen wir auch da bleiben.

Magd Ach du mein allerſchönſter Herr Jemecke, wenn man nich bey leeve Herr Pfarrer
alle alle Schlätels metgenahme hàd; es ock nich
een Kruhmen to äten onn te drincken buten.
Alles verſchlahten, alles verſchlahten!

Kaufmann A. Na, na, laßt das man gut
ſeyn, Mutterchen, davor haben wir dann ſchon,
im Fall der Noth da Gott für ſey, geſorgt. Johann! he Johann! hört denn die Schlafmütze
nicht? Johann! ha, — ha, — ha! — Da
kömmt 'r hergewatſchelt — die dicke Sau! —
wie er ausſieht! — ſicher is der Mehlſack im
Schlaf von Wagen gerollt! — Ja reib du dir
man die Augen, — du Schlafmütze du, —
ſo gar im Fahren ſchläft der — — — Hrm!
(in ſich blickend) Na, pack du man ab unſern kleinen Mundvorrath und bring' ihn man immer ſo
ſachte herein: es iſt mir ſo ſchon ganz quablich
uns Herz.

Magd.

Magd. (Den langen Hals vorstreckend, die rothen Augen gierig aufreissend und starr in den Wagen kuckend, beyde Hände vor sich ausspreutend, in sich) Ey, Ey! (der Kalbsbraten kömmt hervor. Etwas lauter) O Herr Jeh! (der Schinken. Laut) J, j, Herr Jemine! (die Pastete. Etwas höher mit schwerem Athem) Ach du mein allerschönster Herr Jemecke. (Die Mandeltorte. Noch höher) Dat die! — (der Bouteillenkorb: recht hoch und aus voller Brust) Dat die de Schlach onn de Schwollst. —

Johann. Na Mutter, na, so greift doch mit an.

Magd. (Starr auf der Stelle bleibend: mit kurzem Athem, immer höher, zuletzt fast jauchzend) o jeh ja, ja, ja, ja!

Kaufmann C. (Ein kleiner trockner windspielrischer Mann, mit einer feinen durchdringenden Stimme und geläufigen Zunge. Hat sich bis itz im Garten umgesehen.) He Mutter! gebt einmal 'n Tisch raus und 'n Paar Stühle: nur hier her in 'n Garten. Wo ists denn hier wohl
am

hier, hier vor dem Häuschen 'n hübscher grüner
Grasplatz, so hier her, Mutter, hier her! (der
Tisch und die Stühle werden gerade vor die Thüre
des Häuschens gesetzt in welchem der Pfarrer verschlossen Angstschweiß schwitzt.)

Kaufmann A. Gieb 'nmal den Rattaffia
Johann.

Kaufmann B. Mir doch lieber ein Schnäps-
chen Goldwasser. Was geliebt denn ihnen, mein
werthester Herr C? Ist auch noch Pommeranzen
Essenz da.

Kaufmann C. Meinetwegen davon: daß doch
alles dran kömmt.

Kaufmann B. Ey, Ey, wir können uns
schon Zeit lassen. Unser Herr Pfarrer wird so
wohl erst in der Kühlung kommen.

Kaufmann C. Potz Stern! das ist ganz
excellenter Liqueur, da wünsch' ich wohl unserm
guten Pfarrer ein Gläschen, für seinen schwachen
Magen.

Kauf-

Kaufmann A. Schwachen Magen? proſt
Mahlzeit, der nimmts mit uns allen auf. Sie
ſollten ihn einmal bey mir freſſen ſehn, das iſt
ſeinen baaren Species Thaler wehrt, den Bauch=
pfaffen freſſen zu ſehen. Und zechen kann er,
poz Velten, das geht noch über unſerm Raths=
muſikanten Jobſen: und den kennen ſie doch?
Na, wo bleibt denn das Eſſen?

Kaufmann B. Berühr dich mal, Johann.

Ich mag die Scene nicht weiter ausmahlen;
man denke ſich aber den hungrigen gierigen ge=
fräßigen geſöffigen Pfarrer bey Hundstagshitze in
dem engen Häuschen verſperrt und die Eſſenden
und Trinkenden laut vor dem Häuschen, wie der
luſtige Mann, den Pfarrer immer mehr zu mar=
tern, alles Eſſen und Getränke ſo herrlich findet;
wie er es noch in ſeinem ganzen Leben nicht ge=
noſſen: der Kalbsbraten, das iſt ein wahrhaftes
gemäſtetes Milchkalb, das Meſſer verliert ſich im
Fett; die Paſtete iſt das non plus ultra der ed=
len Kochkunſt; der Schinken muß vorher, eh er
geräuchert worden in Burgunder geſotten ſeyn, ſo
pikant und zart; die Wurſt und Zunge müſſen im
Rauche

Rauche von Cedernholz und Aloe gehangen haben, es ist ein gewisses Etwas dran was sich
gar nicht ausdrücken läßt, das wahrhafte je ne
sçais quoi der Franzosen; die Mandeltorte zer-
geht auf der Zunge. Der Wein übertrift nun
gar allen Ausdruck, da hört man nur schmecken,
lecken, schlurfen, schmatzen, saugen, ächzen, lech-
zen, jauchzen —

· Auch trinkt der lustige Mann den andern brav
zu, damit nichts übrig bleibe. Nach vier Stunden langer Zehrung aber ist alles voll bis an den
Hals: Herr und Diener und Magd sitzen fest auf
ihren Stühlen und keuchen. C. will aber durchaus nicht, daß die noch ganz ansehnlichen Ueber-
bleibsel in den Rachen des lüsternen Pfarrers
kommen sollten, und schickte die Magd aus, alles
was essen will, zusammen zu rufen. Dies war
nun der freudige Ruf der unsern alten Gulden
aus seiner Verzweiflung, und den alten Rothbart aus seiner philosophischen Lage riß: sie waren die Einzigen die dem Rufe folgten, denn die
Einwohner des Dorfs führten ihren Herrn Pfarrer zu sehr im Herzen, als daß die Versuchung
etwas über sie vermocht hätte.

Mit

Mit ungesäumter Begierde fielen Gulden Vater und Sohn, Rothbart und der in Leid und Freude getreue Rallar über die Brosamen von des Herrn Tische her, und hatten, sehr bald alles bis auf die Knochen verzehrt. Unterdessen diese sich ihrer Freßbegierde überlassen, sinnen die Herren A. B. C. auf irgend eine angenehme Verlustirung. Dies und Jenes war schon vorgeschlagen, aber der zu starken Bewegung wegen wieder verworfen. Endlich:

Kaufmann C. Nachm Ziel wollen wir schießen.

Kaufmann A. Topp! wo ist die Flinte und Schrot?

Kaufmann C. Kreide, Mutter, Kreide!

Kaufmann B. Recht so, recht so. (Nimmt die Flinte und ladet.)

Kaufmann C. Wo ist denn nun hier das beste Ziel zu nehmen?

F   Magd.

Magd. (Mit Kreide.) Hier Hochgeehter, ge=
strenger Herr, hier es Krieb.

Kaufmann C. (Einen großen Cirkel an der
Thüre des Häuschens worinnen der Pfarrer sitzt
mahlend) hier gehts wohl zum Besten.

Kaufmann A. Ey freylich, freylich. Paff!
(er schleßt.)

Magd. (Die Augen starr aufs Häuschen ge=
richtet) Ach Herr Jemine, Herr Jemine!

Kaufmann B. (Von neuem ladend) was will
die alte Hexe?

Magd. (Die Hände ringend) Ach Herr Je,
Herr Je, unser leever trutster Herr Pfarrer!

Kaufmann B. (Schießt) Paff! das soll dem
alten Bretterkasten nichts schaden. Nun Herr C.
treffen sie besser: ein Schelm machts besser als
ers kann. Wollen doch sehen wies mit der Jung=
gesellenschaft steht!

Pfar=

Pfarrer. (Der sich so lange in die Ecke des Häuschens geklemmt nun aber nicht länger sein Leben, oder doch seine Lenden in Gefahr sehen kann, springt, sich die Augen reibend heraus, da C. eben im Anschlage ist.) Verzeihen die hochgeehrten, gestrengen Herren, ich weiß nicht wie mir geschehen! hab' ich geschlafen? Haben mich Schüsse geweckt? Hat Gott Wunder an mir gethan?

Man denke sich nun das ausgelassene Gelächter nachdem die Herren A. und B. durch Herrn C. aus ihrem setten Erstaunen geweckt waren: Unser Knabe, der gleich bey Erblickung der großen Perücke auf den Pfarrer zugelaufen war, um ihm die Hand zu küssen, von diesem aber in der Angst seiner Seele, nicht bemerkt worden, war der Einzige der nicht aus vollem Halse lachte; er stand mit ofnem Munde da, sahe die andern alle abwechselnd an, und lachte so mit, weil sie alle ohn Aufhören lachten.

Nun erzählte C. in Gegenwart des Pfarrers die ganze Geschichte, und nöthigte diesem manches heilige bemitleidende, christlichduldende und verzeihende Lächeln ab; wie 's aber daran kam, daß

F 2

er die anwesenden noch nachkäuenden Gäste habe
zusammen ruffen laſſen, damit auch kein Biſſen
für den Herrn Pfarrer übrig bliebe, trat dieſem
das Blut mächtiglich zu Kopfe, und er begann
den ganzen Spaß übel nehmen zu wollen; wurde aber bald wieder beſänftigt und getröſtet, da
man ihm verſprach, ihn ſogleich mit nach der
Stadt zu nehmen, und recht hoch zu traktiren.
Herr C. ſollte den Abend dabey ſeyn, und den
Frauen und Kindern des Hauſes die Geſchichte
des heutigen Tages zum Beſten geben. Der
Pfarrer gab ſeine chriſtliche Einwilligung dazu,
kleidete ſich an, und fuhr mit nach Danzig.

Gulden zog mit ſeiner Geſellſchaft geſättigt und
überaus luſtig ab. Der Knab' aber konnte lange
nicht aus ſeinem Erſtaunen kommen, wie man
einen Pfarrer, den ihn ſeine Mutter immer als
einen heiligen Mann Gottes vorgeſtellt, ſo zum
Narren haben könnte. Rothbart, der erſt gar
nicht ſo recht an den Ruf aus des Pfarrers Hauſe hatte glauben wollen, konnte ſich nicht enthalten, über laut auszuruffen: Poz Pfaff und
der Teufel! Unter hundert auch kaum einer,
der's redlich meynt und darnach thut!

Man

Man denke sichs was dabey im Herzen des
Knaben vorging: mit was für Augen er die
Geistlichen nun anfing anzusehen.

Den Nachmittag wollten sie noch ein Kloster
ohnweit Danzig erreichen, wohin sie von dem
Direktor der vorerwähnten Comödiantenbande
Empfehlungen an den Pater Küchenmeister des
Klosters hatten. Dieser war ehedem als Tausend-
künstler auf der Trompete, mit der Bande her-
umgezogen, und hatte sich vor einigen Jahren
bey dem Abt des Klosters Sr. Excellenz dem
Herrn Grafen von * * * mit seiner Trompete
produciret. Es war damals eben der Pater
Trompeter von ihrem Chor gestorben, und da dieser Reisende die Stelle sehr gut füllen konnte,
hatten sie ihn zur Aenderung seiner Religion und
zum geistlichen Stande beredet. Durch vorzügli-
ches Talent im Fressen und Saufen hatte er die
besondere Gnade Sr. Excellenz, und durch diese
das sehr einträgliche Amt des Pater Küchenmei-
sters erhalten.

Gulden wußte das alles und war nicht
wenig wegen Verführung seines Knaben be-
F 3   sorgt.

forgt. Man hatte ihm aber auch gesagt, der
Abt sey ein sehr freygebiger Mann für alles was
ihn kützelt, und das überwältigte dann seine Ge-
wissensscrupel.

Er unterließ indessen nichts den Knaben für
Verführung zu sichern: mahlte ihm die Katholischen Geistlichen als eingefleischte Teufel ab, die
in der Welt umher gingen Menschenseelen zu
verführen und die Hölle damit zu versorgen; be-
schwur's ihm bey allen Teufeln, daß alle Katholi-
ken ewig in der Hölle brennen müßten und tausend dergleichen abscheuliche Dinge mehr.   Der
Knabe, der des Vaters schönen Ausruf über die
Lutherische Geistlichen, und die drauf folgende
Geschichte noch sehr warm im Herzen hatte, antwortete weiter nichts, als: Das werd' ich meiner
lieben Mutter nie zu Leide thun, daß ich da
in so'n Kloster bliebe.

Eben da sie im Kloster ankamen, es war so.
nach fünf Uhr Nachmittags, brachten zwei baum-
starke Geistliche, den so eben gesättigten Abt, unter den Armen geführt oder vielmehr getragen,
die große Schloßtreppe herunter; unten stand ein
ver-

verschmitzter Stalljunge mit dem Reitpferde Sr.
Excellenz, so Hochdieselben eben besteigen wollten,
und daneben ein dritter Hochglühender Geistlicher
mit einem großen goldnen Pocal, den Se. Excellenz zu Pferde sitzend noch auszuleeren pflegten.
Indem Se. Excellenz mit heftigen Bewegungen
im Ober und Unterleibe aufsteigen, sagen Hochdieselben zum Stallknecht, ein Junge sechs Span-
nen hoch, das Pferd an den Hüften kitzelnd:
Hast du mein liebes Lieschen auch gut ge
füttert?

Reitknecht. O ja Ew. Excellenz, es hatte
sich schon lange satt gegessen, da Ew. Excellenz
noch fraßen.

Der Herr Abt, der sich seit fünf und zwanzig
seelenruhigen Jahren so dick und dumm gefressen
und gesoffen, daß man ihn lang zwicken und kneipen konnte eh ers fühlte, lachte daß ihm der
Bauch und der Gaul unter ihm schütterte über
den Sprachfehler des dummen Bauerlümmels.

Gulden der ihm nun schon ziemlich nah'
ist, nimmt dieses bauchschütternde Gelächter
für

F 4

für ein erwünschtes Zeichen des Gefallens an ihm
und seinem Zuge, springt von seinem druglichten
Schäcken ab, umfaßt den vierten Theil der Lende
Sr. Excellenz des Herr Abt, und bittet um gnädige Protektion. Dieser hält ihn für einen Landmann aus seinem Gebiete der sich über einen eben
neu aufgelegten Scharwerckstag fürs Kloster be-
schweren will, und brüllt: „Ihr Höllenhunde ihr,
„ich will euch geißeln laßen wenn ihr mich fer-
„ner in meiner Ruhe stört: geht zum Pater
„Küchenmeister, kann euch der auch nicht helfen,
„so kann er euch doch eins blasen. Ha, ha, ha!"

Gulden beruft sich auf seine Empfelung an
den Pater Küchenmeister und nach langem hin
und her reden gelingts ihm, sich endlich kenntbar
zu machen. Der Abt befiehlt sogleich für diesen
Abend Musik zu veranstalten, macht seinen gewöhnlichen Nachmittagsritt, von dem er immer
den schwarzen Rock sehr voller Federn zurückbrach-
te, etwas kürzer, und ist um sieben Uhr wieder
da.

Unsre Reisende stehen nun schon in der Ecke
des Saals in völligem Puz da, die Geigen un-
                                              term

6666666666666666666

term linken Arm, den Bogen in der rechten Hand. Der alte Gulden stürzt, seinen Jungen mit fort ziehend, dem Abt entgegen, und küßt demü thigst den Rockzipfel Sr. Excellenz indem er mit der linken Hand den Jungen an das rechte Knie des Abts anpreßt. Vergeblich bemüht sich der keuchende Abt über seinen Bauch wegzusehen, um den Knaben unter diesem zu erblicken, noch ver geblicher sich zu bücken um den Knaben aufzurich ten. Ein christkatholischer Blick und Schnar cher setzt aber den nach Luft schnappenden und schweißtrocknenden Pater Prior in fast merkli che Bewegung, er hebt den Jungen mit Hülfe des alten Gulden, der drüber seine Geige fallen läßt, auf, und stellt ihn vor dem Abt auf einem Stuhl hin.

Abt. Bey meiner Seel' ein hübscher Jung! (ihm mit getheiltem Zeige- und Mittelfinger leise über die Backen nach dem Kinn hinabfahrend) ein schöner Jung! Wie alt bist du, Kerlchen?

Knabe. (Schnell und frey) El —

Gulden. (Ihm noch schneller in die Rede fal end) sieben Jahr, Ew. Durchlaucht, eben im vorigen

F 5   Mo-

Monat sieben Jahr gewesen und macht Wunder
auf seiner Geige.

Abt. (Den Knaben bey der Hand haltend
und ihm mit der verkehrten Hand sanft in die
hole Hand streichelnd.) Haſt auch ein hübſch
Patſchgen dazu. (Zum Pater Prior mit glän=
zenden Augen und weiten schlagenden Naßlöchern)
ein recht weiches warmes Patſchgen. Lüſtet's dir
nicht, alter Bock?

Pater Prior. (Sich gleißneriſch verneigend
und aus den hohlen Augen verſtohlen hinaufblit=
zend) Der Herr geht vor, der Diener folgt.

Abt. Alter Schalck! (Zum Jungen, ihm ſanft
in die Lippen kneipend) Nun laß e' mal hören,
was du kannſt. (Zum Pater Prior in die Oh=
ren ſprechend, ſich die Lippen leckend, mit der rech=
ten Hand in den Buſen fahrend mit der Lin=
ken — der Pater Prior ſaugt dabey am Dau=
men ſeiner linken Hand, und blickt ſtarr ſeinen
ausgeſtreckten kleinen Finger an.)

Der

Der Junge spielt, findet großen Beyfall, fast bey jedem Takt erschallt ein lautes Bravo, nach jedem Stück lautes Händegeklatsch, er muß den Abend beym Essen neben dem Abt sitzen, soll auch in des Abts Zimmer schlafen, da widersetzt sich aber der Alte, der nun schon nichts gewisser als Religionsveränderung befürchtet aus Leibeskräften, bittet mit Thränen ihm sein Kaptalchen nicht zu entreißen, schwört bey allen Teufeln er könne kein Auge zu thun, wenn der Junge nicht bey ihm wäre. Das hätte Sr. Excellenz nun eben wenig gekümmert, aber Hochdieselben scheuten sich denn doch länger darauf zu bestehen und befahlen den Jungen morgen vor dem Frühstück, das er gewöhnlich im Bette verzehrte, zu ihm zu führen.

Es war um Mitternacht da sie von Tafel aufstanden, und der Abt den Knaben mit einem saftigen beleckter Kuße gnädigst zu seinem Vater entließ. Dieser hatte den Abend mit den jungen Geistlichen in einer ganz neuen Welt gelebt. In seinem Leben hatte er noch nicht so viel Speisen gesehen, gerochen, nennen gehört, als er hier selbst zu verschlingen bekam; in seinem Leben nicht so viel Brandtewein getrunken, als er hier ungarischen Wein.

Wein verschluckte. Und da der Knabe ihm von
der gräflichen Tafel noch größere Wunder erzählte, vergingen ihm gar die Sinne.

So gemein auch den Klosteräbten das große
Talent zum Saufen zu seyn pflegt, so ungemein
war doch dieses Abts Methode sich nüchtern zu
saufen. Ich will sie deshalb erzählen. Er sof sich
alle Abend voll. Die Probe, ob er auch wirklich
schon ganz voll sey war die, daß er sich mit beyden geballten Fäusten aus Leibeskräften auf den
Armlehnen seines Seßels stützte und so mit Anstrengung Leibes und der Seelen versuchte, ob er
sich von dem weichgepolsterten, tief einsinkenden
Sitze noch etwas erheben konnte, ging das noch,
so, daß er nur noch die geringste Bewegung des
Hintern verspürte, so wurde noch eine neue
Sorte Wein gegeben. Konnte er sich aber mit
aller Gewalt nicht mehr ein Haarbreit vom Seß-
sel erheben, dann war er wirklich voll, und dann
brachte der Pater Kellermeister eine ungeheure
Schaale Punsch, wovon der Abt so lange sof bis
er wieder nüchtern wurde und aufstehn konnte.

Auch hatte er seine eigne Methode im Fressen,
um von allen vier und zwanzig warmen Schüs-
seln,

feln, und eben so vielen kleinen Beyfätzen genieſ
ſen zu können: Wenn er bey der zehnten zwölfſ
ten Schüßel nicht mehr fortkonnte, ging er hinaus, applicierte den längſten ſeiner Finger, und
kam mit neuem Raume für die übrigen Speiſen
wieder zurück zur Tafel. War's den Köchen recht
gut gerathen, ſo geſchah dies manchen Mittag
wohl drey vier mal.

Auf Befragen des Vaters was ſo bey Tafel wohl geſprochen worden, was der Abt zu
ihm geſagt, fing der noch faſt unſchuldige Knab'
an Hiſtörchen und Schweinigeleyen zu erzählen,
die er zum Theil gar nicht verſtanden hatte, und
ſie itzt ſo wörtlich wie er ſie gehört wieder erzählte. Nachdem ſie der Vater für ſein Theil belacht
hatte, machte er ihm die abſcheulichen Schwänke
verſtändlich, um ihn nach ſeiner Art von der Gott-
loſigkeit der katholiſchen Geiſtlichen deſto lebhaf-
ter zu überzeugen, und wiederholte die ganze Feu-
erpredigt von geſtern. Befahl ihm aber dabey,
das demüthigſte unterworfenſte Betragen, gegen
den Abt gar ſehr an, damit ihnen ihr Geſchenk
nicht geſchmälert würde, worauf der Vater ſchon
ſo ſicher rechnete, daß er die kleine Münze in ſeiner

ner rechten Hosentasche oft in Gedanken für Gold-
stücke zählte.

Sie waren in ein großes weites Zimmer zum
Schlafen geführt, worinnen zwey große Gardie-
nen Betten mit damaſtnen Ueberzügen und Vor-
hängen standen. Hier ergrif der Vater mit Freuden die Gelegenheit dem Knaben einen recht hohen Begrif von der Unvergleichlichkeit des Virtuo-
ſenſtandes beyzubringen: lehrte ihm, wie für einen Virtuosen nichts in der Welt zu gut sey;
wie ihn Fürſten, Könige und Kaiser auf Händen
trügen; wie ihm daher alles erlaubt sey, wie der
Kaiser wohl hundert Fürſten und Grafen machen
könnte, aber keinen Virtuosen; wie dieser, unterdeſſen daß mancher große General auf freyem
Felde auf Stroh ſchlafen müßte, in seidenen Betten bis an den Mittag sich ausſtrecken könnte —
Hiebey ſchlug der Vater die Decke des Bett's
auf und wollte die Kopfküßen zurecht legen, wurde aber eine Menge langſam kriechender Thiere
gewahr, mit denen des Knabens Kopf ſchon hinlänglich verſorgt war, und sah sich nach langen
vergeblichen Berathſchlagungen gezwungen mit seinem Jungen auf dem Fußboden zu liegen und sich
mit Pelzen zu bedecken.

Den

Den andern Morgen waren Se. Excellenz ganz ungewöhnlicher Weise früh um acht Uhr schon erwacht und verlangten sogleich nach dem Knaben. Eine Stunde später sollte das Frühstück gebracht werden. Der Knabe wurde geholt. Der Vater begleitete ihn bis ins Vorzimmer und gab ihm da noch einmal die weise Lehre sich ja recht submiß gegen den Abt. zu betragen; auch nicht blöde zu seyn, sondern hübsch dreiste zu antworten. I warum nicht, erwiederte der Knabe, is ja auch man ein Mensch.

Kaum war der Knabe dem Abt so nahe daß er ihn aus dem Bette erreichen konnte, so ergriff dieser mit Innbrunst die zarte weiche Hand des Knaben, und trotz all seines Sträubens und Zurückziehens — — —

Mir gehen die Augen über beym Gedanken der teuflischen Verführung der Unschuld. Daß sie dir, du alter geiler Bock, verdorrt wäre die Hand, die die unschuldige sündenfreye Hand zum Laster führte!

Un

Unterdessen der Vater in dem Vorzimmer auf
die Zurückkunft des Knaben wartete, gesellt sich ein
alter liebreicher ehrwürdiger Pater zu ihm, und
sagt' ihm mit ernster eindringender Stimme, mit
zitterndem Händedruck: wenn du dein Kind lieber hast als Geld und Gold, so flieh' den
Augenblick von hier. Bedenke daß du einst
Rechenschaft für ihn geben. mußt. So ver-
ließ er ihn. Gulden zitterte am ganzen Leibe,
wollte all Augenblick an die verschlossene Thüre
pochen, hatte doch aber nicht das Herz dazu, sondern wartete bis der Pater Koffeschenker mit dem
Frühstück kam, den bat er, ihm den Jungen
heraus zu schicken.

Der Junge kam voll Schaam und Verwirrung mit glühenden Backen heraus. Da er aber
auf des Vaters ungestüme Fragen, ob ihn der Abt
habe wollen zur katholischen Religion bereden, heilig betheuerte, er habe kein Wort ihm davon gesprochen, wurde der alte wieder ruhig, befürchtete
weiter nichts, und vergaß beym schwelgerischen
Frühstücke in der Küche, in der Zuckerbeckerey,
in der Apotheke und dem Keller die weise Erinne-
rung des guten Paters gänzlich.

Den

Den folgenden Tag fuhr der Abt nach Dan,
zig, wollte den Knaben zu sich in den Wagen
nehmen, allein der Alte sträubte sich gar sehr, und
erhielt die Erlaubniß ihn bey sich zu behalten, mit
dem Beding, ihn noch denselben Abend seiner An,
kunft in Danzig zum Abt zu führen. Dabey
schenkte der Abt dem Kleinen eine Dose von Agat
in Gold gefaßt, mit einem doppelten Deckel, unter
dem obersten ein für den noch halb unschuldigen
Knaben lehrreiches Gemählde; und dem Alten zwölf
Dukaten. In vollem Jubel über den glücklichen
Anfang ihrer Virtuosenreise zogen sie nun nach
Danzig.

Gulden hatte gehört, daß die reisenden Virtuo,
sen jederzeit in den größten Gasthöfen einzukehren
pflegen, und beschloß ein gleiches zu thun. Weil
er aber befürchtete man würde ihn des lächer,
lichen armseligen Aufzugs wegen in einem großen
Gasthofe nicht aufnehmen, so setzte er sich erst in
einem Wirthshause vor der Stadt mit seinem
Knaben und treuen Rothbart in völligen Staat,
und ließ seinen Karren mit dem Bretterkasten,
durch einen gemietheten Schifsjungen hinter sich
herführen. •

G   So

So kamen sie vor dem Gasthofe an, und melbeten sich als reisende Virtuosen die so eben zu Schiffe von Petersburg kämen. Da ihnen der phlegmatische Wirth mit fettem Lächeln, über den poßirlichen Aufzug fragte, ob sie im untersten oder obersten Stock logiren wollten, entrüstete sich der unruhige, besorgte Gulden gar sehr, wie an ehrliche und großberühmte Leute, die in ihrem Leben noch keine Stunde im Stock gestanden, eine solche kanalgesche Frage ergehen könnte. Mit fettem Lächeln erwiederte der Wirth, er hab' ihn falsch verstanden, er meine, ob die Herren unten oder eine Treppe hoch, wohnen wollten.

Gulden (dem dicken aufm Rande der Thür-Bank sitzenden, hangenden Wirth aufn Leib fallend, und ihn auf den rechten Fuß tretend) Ey ganz gehorsamer Diener, so, so! Na hören Sie man an, wo so die besten Stuben sind. Mein Söhnchen ist ein Wunderwerk: das sehn sie ihm wohl nicht an, komm her Heinchen, er hat vor Kaiser und Könige gespielt, und noch gestern mit einem großen Fürsten von einem Teller gegessen, und aus einem Kruge getrunken.

Wirth

Wirth (mit dem linken Fuß sachte über den rechten herfahrend) Mögen doch meinetwegen große Fürsten aufm Wasser herum schwimmen, wenn der Herr nur meinen großen Zeh ungeschoren gelassen hätte. Marie, mache mir warmen Wein zu Umschlägen.

Nun wurden sie oben in die besten Zimmer des Hauses geführt. Es war ein großes Zimmer, neben an ein kleineres zum Schlafen und daneben eine Kammer für den Bedienten. Das große Zimmer war nach landesüblicher Art aufs Beste aufgepuzt. Die Wände besetzt mit sehr künstlich gearbeiteten spiegelblank gebohnten Schränken von Eichenholz, ausgelegt mit Figuren aus dem Thierreich und Geisterreich von Ebenholz und Elfenbein, auch an den Rändern verbrämt mit künstlichen Schnitzwerken aus Ebenholz. Die hohen Schränke bis an den Balken auf schreghinanlaufenden Geländern besetzt mit japanischen und chinesischen Porcelain Figuren und Tassen. Unter den Füßen der Schränke, die allerley Figuren, als Mohren, Affen, Löwen vorstellten, kleingeschnittne Tannen mit rothen Aepfeln und Kalmus gestreut: eben so um die rehfüßigen mit Mopchensteine ausgeleg-

G 2

gelegten Tische, und künstlich gearbeiteten hohen
und schweren Stühle mit blumichten hie und da
verguldetem Leder beschlagen. Spiegel, an den
Seiten mit grünen rothen gelben und blauen
Glase ausgelegt, und mit ungeheuern vergoldeten
Rahmen, die die Fenster zu beiden Seiten über
die Hälfte bedeckten. Ueber das schmale grün-
gelblichte Spiegelglaß, eine Decke von schwarzem
Flor, die es besser für itzt lebende Fliegen bewahren sollte, als es im vorigen Jahrhundert bewahrt
worden. Dreyfache Vorhänge vor den Fenstern
bis zur halben Höbe der Fenster aufgezogen, da
ruheten sie unter den unzähligen Falten und Trodlen der obern Verzierung. In den Ecken der
Stube schmale hohe oben spitzzulaufende Gläser-
spinden, angefüllt mit unzähligen Pockälen von
sehr verschiedenen Formen, und verschiedenen großen
berühmten Säufern herstammend. In den kleinen Gläsern waren seit funfzig Jahren eine Menge bunter Ostereyer aufbewahrt, mit eingekratzten
Denksprüchen und heiligen Gemählden. Die
Schränke unter den Glasspinden waren zu einem
Pfeiffenkabinet von Kalkpfeiffen bestimmt und bereits fast ganz damit angefüllt.

Der

Der Wirth hatte nemlich seit funfzig Jahren darauf gehalten, daß jeder Gaſt, der bey ihm einkehrte, auf die Pfeiffe die er da geraucht beym Abſchiede ſeinen Namen gezeichnet, und ſo wurde denn die Pfeiffe ſorgfältig aufgehoben. Des Wirths größte Freude wars, einem Gaſt der zum andernmale da einkehrte ſeine gezeichnete Pfeiffe zu geben: weshalb die Pfeiffen auch alle nach dem Alphabet geordnet und in ein großes Buch eingetragen waren.

Auch waren die kleinen ſchmalen Fenſterſcheiben bedeckt mit Namenzügen und Denkſprüchen von fettgemäſteten Witze. Die Seitenwände an den Fenſtern und des Geſims um die Thüren herum waren ausgelegt mit Mopchenſteine, auf jeden Stein drey blaue Schaafe gemahlt. Noch ragten hie und da hinter den Schränken alte Familiengemählde hervor: dort durch eine kleine Oeffnung zwiſchen zwey Schränken eine große fette Hand einen Pokal haltend, hier eine kurze fleiſchwelligte Stirn, mit einer ungeheuern gekräuſelten Perücke, da drey Seitenknoten einer Perücke, hier eine volle fette Weiberhand einen Schäferſtab haltend, u. ſ. w.

G 3   Kaum

Kaum hatte Gulden den glatgeboneten Boden dieses Zimmers mit ängstlichen Schritten be-
treten, als ihm der Wirth wohlmeinend ermahn-
te, sich darinnen alles Hausens zu enthalten.
„Hier die Schränke, sehen der Herr nur, stehen
„auf den gar hübsch gedrechselten kuriösen Füßen
„nicht so recht feste, und wenn da, verstehn sie
„mich, der kleine Mann Gottes wo anliefe, oder
„sich daran lehnte, oder dran stieße, oder sonst
„irgend eine Bewegung daran machte, sehe der
„Herr nur, so würde mein schönes wunderseltnes
„chinesisches und japanisches und asiatisches Porcelain
„zum längsten gedauert haben, und sonder allen Zwei-
„fel kapores gehen. Deshalb wollt' ich denn wohl
„so den Herrn ohnmaßgeblich bitten, diesen
„schmalen Deckenstreif lieber gar nicht zu über-
„schreiten; auch wollt' ich ohnmaßgeblich bitten,
„die Stühle nicht von der Stelle zu nehmen da-
„mit die darunter gestreuten neckschen Figuren
„von Tannen und Kalmus, über deren meine Töch-
„ter den ganzen verwichenen Sonnabend zuge-
„bracht nicht verschoben werden; auch wollt' ich
„ohnmaßgeblich bitten die Fenster ja nicht zu öf-
„nen, damit keine Fliegen herein kommen, die
„mir die Vorhänge. und Glasspinde besudeln,
         „könn-

„könnten, mir auch wohl gar meinen chinesischen
„Kaiser eins auf die Nase schmeißen ha, ha, ha,
„ha, ha, ha. Auch bitt' ich deshalb gar sehr
„sich alles Essens und Trinkens in diesem Zim-
„mer zu enthalten."

„Dafür können aber der Herr hier neben an
„in ihrem Schlafzimmer ihr Wesen nach Belie-
„ben treiben. Jedoch wollt' ich ohnmaßgeblich
„bitten sich in den Betten, alles übermäßigen
„Schwitzens und anderer verunreinigenden Din-
„gen zu enthalten, damit mir die schönen Betten
„von lauter Eyderdaunen und holländischer Lein-
„wand nicht verdorben werden. Es haben Für-
„sten und Grafen in den Betten gelegen, und je-
„derzeit solch Wohlgefallen daran gefunden, daß
„sie des Morgens, wenn ihnen die Aufwärterin
„den Koffe brachte, immer nicht herauswollten."

„Ich habe den Herrn hierum nur wohlmei-
„nend und ohnmaßgeblich bitten und rathen wol-
„len, denn übrigens finden der Herr hier in der
„Mauerspinde ein großes Buch, worinnen ganz
„genau aufgezeichnet ist, was ein jedes dieser Stü-
„cke bis auf die kleine gläserne Maus die da ne-

G 4   ben

„ben dem Kaiſer von Japan ſteht gekoſtet, und
„wornach es mir der Herr bey vorfallenden Scha-
„den zu vergüten belieben werden. Die Sum-
„men von denen in dieſen beyden Zimmern be-
„findlichen Geräthſchaften beträgt, wie das große
„Buch ausweiſet zwey tauſend acht hundert Tha-
„ler in Golde."

Gulden blieb wie verſteinert ſtehen, fühlte
ganz das Elend des zwangvollen Ueberfluſſes,
wünſchte ſich mit Thränen in die Küchenſtube,
und wär' auch ſicher ſpornſtreichs hingelaufen
hätt' ihn nicht Ehre, Virtuoſenehre auf den
ſchmalen Deckenſtreif gehalten. Noch traute er
ſich nicht queer über das Zimmer zu gehen, bey
jeden Tritt zitterte er die Schränke möchten dadurch erſchüttert werden, und irgend ein chineſi-
ſcher König oder japaniſcher Pabſt auf ſeine Rechnung die Reiſe vom Schrank auf den Boden
machen.

Mit ſtaunender Verwunderung ſtarrt' er all
die künſtlichen Figuren lange an, dann ergriff er
den Jungen, und drohte den mit hundert Prügel, wenn er ſich je unterſtände über die Decke zu
gehen;

gehen; er war nah dran seine Bosheit über das zwangvolle seiner neuen Lage an den armen Jungen auszulassen, und den für das nächstemal daß er wohl über die Decke gehn könnte zum voraus abzuprügeln, als er plötzlich durch einen fürchterlichen Lerm über seinem Kopfe aufgeschreckt wurde.

Lange horchte er vergeblich darnach, was es wohl seyn möchte, endlich schlich er sachte die enge Wnidelbreppe hinan, der Knabe hinter ihm. Kaum war er auf der Mitte der Treppe, so stürzte ihm ein junger braun mit Silber gekleideter Mann entgegen, hinter ihm drein ein kleiner lahmer, einäugigter, dickköpfigter, großnasigter, großmäuliger, langohriger, kraushaariger bis aufs Hemd ausgekleideter Kerl, mit dem Fußgestelle eines großen Notenpults auf ihm schlagend, und aus Leibeskräften rufend: *Bugerone du Verfluckter, will. dick lern, kom mein Tockter karessir ohn mein Permißion.*

Gulden klemmte sich aus Leibesvermögen hart an das Treppengeländer, um nicht mit fortgerissen zu werden: wurde aber demohngeachtet samt seinen Jungen um und um gelaufen und bekam

G 5   zwey

zwey harte Schläge mit dem Notenpult. Unterdeſſen ſich Gulden aufrafte und zu allen Seiten
vergeblich nach Blut fühlte, kam der alte Kerl
wieder herauf gehinkt, und wandte ſich ſehr de-
müthig an Gulden, der nun vollends oben war:
Pardonir' ſie, daß ick ſie in mein terrible groß
Rage ab' touchirt. At' ſick verfluckter *Bugerone* mit mein Tockter fareßirt, on mit mir
zu ab' akordiert, un hat ſick dock Gelte wie
eu. Mit wer ab' ick die Ehre zu ſprecke?

Gulden erklärte ſich nun über die unermeßli-
che Geſchicklichkeit ſeines Jungens in der Violine,
und über die hohe Ehre die er bey hohen Potentaten deshalb ſchon genoſſen. Mit freudigem
Jauchzen erwiederte der Alte, er ſey auch ein
Sänger, habe in Petersburg lange die erſte Rolle in der Opera buffa geſpielt, und ſeine Frau und
Tochter wären die erſten Sängerinnen in der
Welt; es freute ihn über alle maaßen Gulden
kennen zu lernen, ſie wollten gemeinſchaftliche
Sache machen, zuſammen ein Koncert geben, zuſammen weiter reiſen, und macken groß Wunder.

Nun

Nun führte er Gulden zu seinen Damen und schrie, eh' er noch die Thüre halb offen hatte. Is kein Unglick groß, das nick ab' Klick. Ab' ick kepriekelt verfluckten *Bugerone*, bin ick kefall auf dies *Monsieur*, unn is en groß Virtuos auf Violine.

Mitten in der Stube saß auf einem kleinen Stuhl ein ungeheuer dickes Weib in blossem Hemde, das vorn bis auf den Nabel ausgeschnitten war, die Ermel hoch aufgekrämt, die grauen Haare, vermischt mit schwarzem Pferdehaar auf einer Seite frisirt, auf der andern noch um den Kopf herum hängen, und suchte vier Hunden, die sie auf dem Schooße hielt, die Flöh ab. Dies war die Frau des Alten.

Zur Seite stand die Tochter halb im Hembde, denn sie hatte einen kurzen rothfrießenen Rock an, der ihr doch fast bis an die Waden glug, und unter dem nur hier und da einzelne Fetzen des zerrissenen Hembdes hervorblickten. Oberwärts war sie bloß mit dem Hembde bekleidet, jedoch die Haare bereits hoch frisirt und mit dreyzehn verschiedenen Zitternadeln und

Stutz-

Stutzfedern geschmückt. Sie stand vor dem Ofen,
in dessen Röhre sie ihrem Heiligen einen Altar er-
baut, und klebte eben neue Bilderchen an, die ihr
der junge Kaufmann gebracht, den der alte Vater
so unhöflich von ihrem Bette auf die Straße begleitete.

Die Tochter drehte den Ankommenden den
Rücken zu und wollte sich nicht umkehren, schmollte
noch gar sehr mit dem Herrn Papa, da er so impertinent gewesen, sie in ihrem Vergnügen zu stören, und da er sie mit Gewalt nöthigen wollte,
die Gäste freundlich zu empfangen, sträubte sie sich
mit Macht und schwur ihm, ohne nach den Gästen
hinzusehen, er möcht' ihr nun auch zuführen wem
er wollte, und wenn er auch den besten einträg-
lichsten Accord gemacht, so würde sie ihn nicht an-
nehmen, und in nichts willigen, bis er ihr den
jungen eben vertriebnen Kaufmann wiedergeholt
hätte.

Er ergrif eben die große Feuerzange mit der er
vorher der Frau die Papillotten gebrannt, und
wollte über die halsstarrige Tochter herfallen, als
ein altes bucklichtes Weib mit großem Zettergeschrey
herein

herein stürzte und verkündigte, die Katze habe sieben
von der Mademoiselle ihren Vögeln gefressen. Der
Alte der da meinte es sey eine von den fünf Katzen,
die die Frau und Töchter im Zimmer hatten, ging
nun auf die Katzen loß die unterm Ofen lagen, und
schlug jämmerlich drein.

Dieß trieb die Frau Gemahlinn, die die Katzen
gar sehr liebte in großen Harnisch, sie warf die
Hunde vom Schooß, und fiel mit gekrümten Fingern den alten Herrn Gemahl in die Haare. De
Hunde, die nur unter den Augen ihrer Gebieterinn
fromm waren, fielen nun dem alten Gulden und
seinen Jungen in die Beine.

Die Tochter war indessen in die Kammer gelaufen, die Leichnamme zu beweinen, kam aber itzt
auf das ängstliche Zuhülferuffen ihres Vaters herbey geeilt. Dieser versprach ihr den jungen Kaufmann zu holen, sie sollt' ihm nur von der Mutter
erlösen. Da fiel sie über die Mutter her und
wandte alle Gewalt an, sie mit Stößen und Kneipen vom Vater abzubringen. Die Alte hatte sich
nun aber einmal so verbissen, daß sie nicht wieder
loß konnte, rief aber das alte bucklichte Weib zur
Hülfe

Hülfe, die dann mit Kratzen und Quicken über die Tochter herfiel. So war die vierstimmige italiänische Fuge eben in vollem Gange, da ein kleiner Junge hereinstürzte und dem Alten zuschrie, die Chokolatensuppe lief ins Feuer. Dieß war für alle der stärkste Bewegungsgrund den Alten loß zu lassen, der dann ganz zerkrazt und zerzaust in die Küche eilte, die Suppe zu retten.

Gulden hatte sich während der Prügeley mit tausend Bockssprüngen die Hunde abzuwehren gesucht, war sie aber nicht eher loß geworden als bis die Stubenthüre aufging, da dann die Hunde die seltene erwünschte Gelegenheit ergriffen, sich in Freiheit zu begeben, und seit langer Zeit einmal das Glück genossen, ohne Hofmeister und Aufseher ihre Nothdurft zu verrichten.

Darauf zog sich Gulden die Stiefeln ab, um zu sehen ob die Bisse der Hunde durchgekommen wären, und da er sah daß das Blut durch den Strumpf kam, warf er voll Boßheit den Stiefel weit von sich unter die Streitenden, und traf damit die Alte, an ihren linken Fuß, woran sie seit zwanzig Jahren einen offnen Schaden hatte.

Kaum

Kaum hatte diese nun ihre Hände von ihrem Man=
ne abgezogen, als sie über den alten Gulden her=
fiel. Die Tochter, die ihn für einen von ihrem
Vater ihr zugeführten Liebhaber hielt, konnte sich
nicht enthalten ihre Boßheit in gleichem Maaße an
ihn auszulassen. Das alte bucklichte Weib, die in
solchem Gesechte gewöhnlich die dritte weibliche Per=
son abgab, unterließ nicht auch ihre Hände ins Spiel
zu mischen.

Gulden, der den streitenden Haufen auf sich
herfallen sah, hielt's nicht für rathsam den Anfall
abzuwarten, sondern retirirte sich in eine Ecke der
Stube und verpallisadirte sich mit Stühlen, da er
aber nichts in Händen hatte, auch zu enge stand um
den Degen zu ziehen, konnt' er nur mit Speichel
auf sie feyern, den er ihnen dann auch in nicht ge=
ringer Quantität ins Gesicht spie. Dadurch schwoll
die Wuth der Weiber dermassen an, daß sie ihn
mit verdoppelten Angriff aus seiner Schanze heraus
trieben, und nun hättet ihr den alten Gulden auf
seinen Strümpfen sehn sollen aus einer Ecke des
Zimmers in die andere springen.

Der

Der Junge, der sich lange aus Leibeskräften
vergeblich bemühte die Weiber bey den Röcken und
Haudermeln zurück zu ziehn, bekam endlich von
der hintenausschlagenden Frau Mama einen Pan-
toffelschlag an die Nase, daß sie ihm blutete, er eilte also ins Vorhaus, um den Alten und alles was
da war zur Hülfe zu rufen. Der Alte brachte
indessen erst seine Chokolatensuppe in Sicherheit,
und kam nun mit der vollen Schüßel herein, gebot
denen eben bey ihm vorbey Springenden Waffenstillstand, und drohete, wo nicht, ihnen allen die heiße
Suppe übern Kopf zu gießen.

Auch kam mit ihm ihr alter Bedienter, der den
Vormittag über mit Ratzenpulver, Zahnpulver und
Leichdornpflaster in der Stadt herum gegangen, und half seine gebietende Damen zur Ruhe
bringen.

Gulden der ganz athemlos und wie gekocht
am ganzen Leibe war, warf sich unter tausend
Schimpfworten und Flüchen, die sie alle nicht verstanden, auf einen Stuhl. Der Knabe suchte ihm
die Stiefeln zusammen, von denen einer auf dem
Ofen gefunden wurde, und nun kleidete sich Gulden
wie-

wieder an. Vergeblich bemühte sich der Alte zu erfahren was eigentlich die Schlägerey zwischen ihnen
veranlaßt; die Alte schimpfte unabläßig in tausend
italiänischen Schimpfworten auf Gulden, und dieser in nicht weniger deutschen Schimpfworten auf
die Weiber.

Der Alte kannt' indessen seine Welt und bat
den Gulden diesen Mittag mit ihnen vorlieb zu
nehmen; der Frau sagte er ins Ohr, sie könnten
große Vortheile von Gulden ziehen, und so wurden beyde gelassener, und trunken einen Schnapps
Danziger auf die Aergerniß. Die Suppe hatte
der Alte indessen ins Bette gesezt, und ein Kopfküßen darauf gedeckt, damit sie warm bliebe, denn
er mußte noch die Karbonade zubereiten und zwischen
ein die Frau frisiren. Das geschah denn auch.
Er ging ab und zu, von den Haaren der Frau, zur
Karbonade; deckte mit unter auch den Tisch, und
in einer Stunde saßen unsere neuen Freunde in
Friede und Eintracht bey ihrer Chokoladensuppe
aus gebranntem Mehl zubereitet, und Karbonade
von Hammelfleisch mit Leinöhl und Knospen von
Butterblumen statt Kapern.

H   Bey

Bey sauerm Weine wurde nun der Plan zu eis
nem gemeinschaftlichen Konzert bezankt. Die Alte
wollte das Konzert sollte auf dem Theater geges
ben werden, damit sie ihre desperaten Arien mit
völliger Aktion sängen könnte. Der Mann meinte
aber diese Aktion und besonders seine komische Aks
tion, würde im Saal wo mans so wenig erwartete,
und so wenig gewohnt wäre, weit mehr Effekt thun.

Gulden war auch sehr fürs Theater, denn er
glaubte die kleine Figur seines Knabens würde
sich da weit mehr ausnehmen. Dem wußte dann
aber der alte Italiäner gar bald abzuhelfen: man
dürfte nur den Stuhl auf einen Tisch setzen, und
den Kleinen auf den Stuhl helfen, so wärs im
Zimmer so gut und noch in die Augen fallender
als auf dem Theater: da seine Tochter noch kleiner
gewesen, habe sie eben so debutirt. Auch trat die
Tochter der Meinung des Vaters bey: denn so sehr
geübt sie auch in natürlichen Handlungen war, so
wenig verstand sie sich auf die künstliche Handlung.
Und es war wirklich zu verwundern, wie sie's ohne
auf dem Theater gewesen zu seyn, bloß durch
Hülfe ihrer Eltern soweit in den H * * häuslichen
Tugenden gebracht.

Der

Der alte Bediente, der eben aus dem Hause gehend auf der Straße zu rufen anfing: Koft, wer koft Pullwehr für die Raß, für die Zähn, für die Inerauck, wurde zurückgerufen und ihm der Auftrag gegeben, gelegentlich einen Saal zum Konzert auszufragen.

Nun wurde die mufikalische Befeßung des Konzerts beftritten, und um fo wohlfeil wie möglich davon zu kommen, wurde befchloffen zwey Violinen, einen Violonecll, eine Flöte, eine Hoboe, zwey Waldhörner, eine Trompete und Paucken zu beftellen. Die blafenden Inftrumente waren der komifchen Arien des Alten wegen nothwendig. Da die Frau und Tochter noch durchaus auf ein Spinet beftanden, um fich den Ton anzugeben mit dem fie anfangen follten, fo wurde diefes noch zugegeben.

Nun kams an die Bekanntmachung des Konzerts und an die Vertheilung der Billette. Es follte ein großer Zettel mit rothen Buchftaben abgedruckt und an allen Ecken der Straßen angefchlagen, auch in allen Häufern durch den für die Raß und für die Zähn handelnden Bedienten, vertheilt werden. Der ältefte Sohn des Wirths, ein

luftis

luſtiger Vogel, der die ganze Geſellſchaft der Tochter wegen im Hauſe noch ſoutenirte, ſonſt hätte
ſie der Vater längſt zum Hauſe hinausgeworfen,
trat eben bey dieſer Berathſchlagung ins Zimmer,
und mußte ſich hinſetzen, um nach der Vorſchrift
aller, einen deutſchen Anſchlagzettel zu fabriciren.
Nach ſehr häufigen Ausſtreichen und Aendern ſtand
dann folgendes Avertiſſement aufm Papier:

„Mit allergnädigſter, allerhöchſter obrigkeitlichſter
„Bewilligung, wird künftigen Sonntag eine berühm-
„te Geſellſchaft von großen Virtuoſen, die mit all-
„gemeinem Beyfall rund um die Welt gereiſt, in ei-
„nem großen zahlreichen Konzert ſich öffentlich und
„für jedermann hören zu laſſen, die hohe Ehre ha-
„ben. Signore Picciolo, der ſeit vielen Jahren als
„der größte Buffone bekannt iſt, und die hohe Ehre
„genoſſen mit Gunſt und Gnade von allen hohen
„Potentaten gekrönt zu werden, wird ſich in gar
„poßierlichen, luſtigen, närriſchen, lächerlichen, jedoch
„insgeſammt moraliſchen Arien, in voller Attion
„hören laſſen.‛

Signora Picciola ſeine Gemahlinn, die den
größten Antheil an jener hohen Ehre hat, wird ſich
in

„in einigen schrecklichen, rasenden, abscheulich tollen
, Arien, ebenfalls in völliger Aktion zu präsentiren
„die hohe Ehre haben."

„Auch wird die Tochter, die an Schönheit nicht
„ihres Gleichen hat, und von hohen Potentaten
„auch nicht unbeehrt verblieben, in einigen verliebten,
„sterbenden und wiederauflebenden Stücken die Ehre
„haben, ein wohlgeneigtes Publikum zu amusiren."

„Endlich wird ein siebenjähriger Knabe, ein
„wahres Meerwunder, gar hexenmäßige Tausend-
„künsteleyen auf der Violine zeigen. Er wird krähen
„wie ein Hahn, mauen wie eine Katze, schreyen wie
„ein junger Esel, pfeiffen wie eine Maus und alles
„auf der Violine.   Wer blind ist, wirds nicht gewahr
, daß es eine Violine ist."

„Die Person zahlet einen Thaler; hohe Stan-
„despersonen zahlen nach Belieben.   Und werden
„wir nicht ermangeln ein hochgeneigtes Publikum,
„aus Leibeskräften zu amusiren."

Nun kam die Vertheilung der Billette vor,
darüber wurde, nach einigen heftigen Zänkereyen
                        H 3   mit

mit Kopfſtöſſen untermiſcht, endlich feſtgeſetzt, daß
ſie ſich in zwey Parthien theilen wollten: Signore
Picciolo und ſeine Tochter eine, die andre Gulden
und ſein Sohn. Jede Parthie ſollte hundert Billette nehmen, und ſo Haus für Haus gehen, ſich
beym Herrn des Hauſes melden laſſen und zugleich
ein halb Dutzend Billete mit hineinſchicken. Gulden ſollte mit ſeinem Sohn ſeinen Weg einen Tag
früher antreten, und den Tag darauf wollte Signore Picciolo mit ſeiner Tochter, denſelben Weg
noch einmal bereiſen, um den harten Herzen die
bey dem dünnen Gold und Silber auf den Kleidern derer Herren Gulden, unempfindlich geblieben,
durch das ſtärker aufgetragene weiß und roth auf
der Tochter Wangen, in Bewegung zu ſetzen.

Auch machte der Weltkenner Picciolo noch das
Geſetz, daß in den Familien, wo ein alter Mann
mit einer jungen Frau lebte, ſich Gulden bey der
Frau des Hauſes müße melden laſſen; dahingegen
in Familien wo ein junger Mann mit einer alten
Frau lebte, er ſich mit ſeiner Tochter an den Mann
wenden wolle. Von beyderſeitigen bejahrten Ehe-
leuten und Junggeſellen und Hageſtolzen, verſprachen
ſie ſich vom wiederholten Zuge, doppelten Vortheil.

Nun

Nun sollten auch sogleich die Billete zum Konzert gemacht werden. Gulden mußte vierhundert
Karten und eine Menge Siegellack holen lassen,
denn Signore Picciolo hatte eben kein kleines Geld
bey der Hand. Drauf setzten sie sich alle um einen
runden Tisch, und fingen an die Billette zu siegeln.
Der Sohn des Wirths mußte sie schreiben. Unter allgemeinem Geschrey und kräftigen Beystand
von allen Seiten, brachten sie folgende Billetform
zu Stande: Konzert Billet für die musikalischen
Liebhaber von zwey Damen und zwey Cha-
peaux.

So bald ein solches Billet geschrieben war,
wurd' es sogleich gesiegelt und gemeinhin verwischt.
Die Helfte davon mußte daher weggeworfen werden, die übrigen waren kaum leserlich. Das Sie-
gel war ein stossender Bock, auf dem Taschenmesser
des alten Gulden gar gröblich eingeschnitten. Auf
tausendfache Art wurde dieser Bock während des
Geschäfts bewitzelt und beflucht, denn sie verbrenn-
ten sich fast alle die Finger dran.

Der Entwurf zum Anschlagezettel wurde sogleich zum Buchdrucker geschickt, und den folgenden

Mor-

Morgen sollte die Wanderung zu Vertheilung der
Billete angetreten werden. Den ersten Gang
wollten sie in corpore zum Herrn Bürgermeister
thun, um von dem die Erlaubniß zu dem bereits
völlig angeordneten Koncert zu erhalten.

Ueber alle diese Unterhandlungen, wozu Sign.
Picciolo auf Guldens Namen hatte sechs Bouteillen Wein herauf holen lassen, war der bestell-
te Gang zum Abt vergessen. Erst spät im Bette dachte Gulden daran, und fluchte und schimpfte seinen Knaben noch einmal munter, daß die
kanalgesche Bestie, die doch an nichts denken dürfte, nicht daran erinnert hatte. Lange schwieg der
Knabe. Da es aber kein Ende nahm, sagte er
dem Vater, er hab' ihn mit Willen nicht daran
erinnert. Er würde nie wieder zum Abt hinge-
hen, und wann ihn der Vater auch hinprügeln
wollte.

Es war das erstemal in seinem Leben, daß er
das Herz gehabt, dem Vater geradezu zu wider-
sprechen. Meine Leser die mich bisher verstanden, und fühlen und denken können, werden hier
die Ursache davon bald fühlen. Der Vater ohne

sich

sich viel um die Gründe seiner Widersezlichkeit zu
bekümmern, sprang wie eine Furie zum Bette
hinaus, und so auf des Jungens Bette zu. Er
hätte ihn sicher halb todt geprügelt, wäre der
Junge nicht eben so schnell wie ein Reh zur Thüre
hinaus gesprungen. Aber auch das hätt' ihn
für die Wuth des Vaters nicht geschützt, hätt' er
sich nicht unter einen Schrank in der Vorstube
verkrochen.

Der Vater war dieses zwar gewahr geworden,
konnt' ihm aber ohne Gefahr fürs Porcelain
nicht ankommen. Denn gleich beym ersten Schla-
ge den er nach ihm that, schlug er an den Fuß
des Schranks, und nöthigte dadurch einen alten
Braminen aus seiner heiligen Ruh' über Hals
und über Kopf herunter zu kommen. Alle Drohungen waren vergeblich den Jungen da hervor-
zubringen. Er bestand darauf, der Vater müßt'
ihm erst heilig versprechen ihn nicht zu schlagen,
eh käm' er nicht hervor. Da dem Vater izt nur
vorzüglich darum zu thun war, den blessirten Braminen bey Seite zu bringen, so versprach ers
und beschwors. Nun mußte der Junge auf zwey
über einander gesetzte Stühle steigen, und den

H 5   Bra-

Bramlnen, der nur einen Arm beym Fall ver-
lohren, so stellen, daß man von unten den zerschlagenen Arm nicht so leicht bemerkte. Beym
Herabsteigen ging es denn nicht so ganz ohne
Ribbenstöße ab, und was der erboßte Vater mit
Schlägen noch so an sich hielt, ersetzte er zehnfach
mit Flüchen.

Den andern Morgen früh erschien der Bediente des Abts, und foderte den Knaben sogleich
zu Sr. Excellenz. Der Vater versicherte, er würde sogleich die Gnade haben aufzuwarten. Der
Jung' aber bestand darauf, er ginge nicht wieder
hin, ließ sich derb' abprügeln, und ging doch nicht.
Da lief der Vater hin zu Sr. Excellenz, und ent-
schuldigte seinen Knaben aufs beste.

Vater Eben da er voll Lustigkeit, daß er zu
Ew. Durchlaucht sollte, die Treppe über Hals
über Kopf hinunter läuft, pratsch liegt er da und
kullert so die ganze Treppe von oben bis unten
herab, und schlägt sich ein groß Loch in den Kopf.

Abt. Seinen Kopf brauch ich eben nicht.

Vater.

Vater. Ja, er hat sich auch die Hand ver-
renkt.

Abt. Das ist schlim.

Vater. So bald er aber wieder spielen kann,
wird er die hohe Gnade haben, Ew. Durchlaucht
unterthänigst aufzuwarten.

Indessen war der alte Gulden unvorsichtig
genug den Knaben noch denselben Morgen zum Bürgermeister, und zu den übrigen Wanderungen mit
zunehmen. Der Abt erfuhrs sogleich von seinen Bedienten, und nahms gar höchlich übel. Den Mittag speiseten Hochdieselben bey dem Herrn Bürgermeister der Stadt mit dem gesammten Adel und
vornehmen Bürgerstande aus der Stadt, und un-
terließen denn nicht bey Tafel zu erzählen, wie sie
ehegestern einen sehr närrischen Auftritt mit herum-
reisenden Musikanten gehabt, die bey ihrer Ankunft einen ganz erstaunenden Lerm von einem
kleinen Jungen gemacht, der aber hernach kaum
hätte auf der Violine rein greifen können. Das
Gesindel sey nun hierhergezogen, um ihr Glück in
der Stadt zu versuchen.

Der

Der Bürgermeister wußte sogleich sehr um-
ständlich zu erzählen, wie sie heute bey ihm gewesen, und um Erlaubniß zu einem öffentlichen
Konzert angehalten. Da sie ihm so sehr ängstlich
ihre dringende Noth geklagt, und ihn um Gottes
Willen darum gebeten, hab' er ihnen endlich die
Erlaubniß gegeben. Je nun mögen sie ihr Glück
beym Pöbel versuchen, wir wollen uns denn doch
die Nachricht von Ew. Excellenz, als einem großen
Musikkenner für uns und unsere Familien und Bekannte ad notam nehmen. Die ganze Gesellschaft verneigte sich, und wußte nun daß sie den
nächsten Sonntag nicht im Konzert seyn würde.

Gulden empfand auch gar bald die übeln Folgen dieser Verabredung, er wurde fast bey allen
Thüren so rund abgewiesen, daß ihn die Bedienten gar nicht einmal melden wollten. Jene Herren
hatten es ihren Weibern gesagt und diese — —
Die Buben auf der Straße sprachen den nächsten
Tag schon davon. Andre die von dieser Verabredung noch nicht so ganz unterrichtet waren, trugen groß Bedenken, den lieben Sonntag zu solchen Gaukeleyen anzuwenden, hatten auch schon
verabredete Kaffe- und Weinkränzchen, oder Spiel-
gesell-

gesellschaft im Garten, oder verabredete Wasser,
fahrten, Familienspazierfahrten über Land u. d. g.

Kurz, sie brachten die ganze Woche durch nur
sieben Billette an, und ihr ganzes Glück beruhte
nun auf die Anschlagezettel. Destomehr Vorsicht
nahmen sie auch gegen einander, wegen des nun
bey der Thüre baar einzunehmenden Geldes. Von
Seiten des alten Gulden mußte Rothbart und
ein Lohnbedienter an der einen Thüre des Kon,
zertsaals stehn. An der andern von Seiten des
Signore Picciolo sein alter Bedienter für die Raß
und für die Zahn, das alte bucklichte Weib und
ein andrer Lohnbedienter. Besondre Aufsicht über
Guldens Leute hielt Signore Picciolo und seine
Frau, und über den andern Theil der alte
Gulden.

Sie hatten sich wirklich so gut gegen einander
und gegen ihre Leute gesichert, daß kein Groschen
verloren gehen konnte. Es ging auch wirklich
kein Groschen verloren, denn zu allem Unglück
kam kein einziger Mensch, der an der Thüre be,
zahlte. Das war allen unbegreiflich. In einer
großen Stadt, zur Zeit des großen Markts, an
einem

einem geschäftlosen Tage kein einziger neugieriger
Mensch unter all den wohlhabenden Einwohnern.
Gulden meinte, es sey das dümmste Volk auf
der Welt. Der Weltkenner Picciolo schüttelte
aber den Kopf, und die rechte Hand näher dem
Ohre zu, und kratzte sich dann hinter dem Ohr:
als wollt' er sagen, so dumm eben nicht: wären
sie dumm, würden sie neugieriger seyn. Aber auch
unter all den vielen hundert Müßiggängern unter
den Fremden, mit denen alle Wirthshäuser besetzt
waren, kein einziger der Neugierde genug für alle
die angekündigten Dinge und einen Thaler übrig
hätte, oder ihn doch auf irgend eine gute Art
vom Wirth, der Hausmagd oder dem Hausknecht
geliehen bekommen konnte — — Das war allen
unbegreiflich, bis einer von den sieben die auf
Billets sich einstellten, es sehr natürlich damit erklärte, daß auf dem Anschlagzettel kein Datum
und kein Ort zum Konzert bestimmt sey.

Nun ging der Katzentanz los. Einer wollte
dem andern in die Haare. Jeder wollte sich
selbst die Haare ausreißen. Die alte Frau fand
den Aufsatz der Tochter schief, und rückte ihn ihr
zurecht daß die Haarnadeln ihr im Fleische sta-
chen;

chen; bald faſſen die Manſchetten zuweit vor, und
die Mutter ſchob ſie zurecht, daß der Arm braun
und blau wurde. Gulden ohrfeigte ſeinen Jungen für einen Fleck im Kleide, den er vor zwey
Monath hinein gemacht, wacker herum. Signore
Picciolo ſann indeſſen, mit zuſammengebiſſenen Lippen und halbverſchloſſenen in die äußern Winkel
ſcharf zuſammen gezognen Augen, auf Mittel dem
Uebel abzuhelfen. Es blieb nichts anders übrig,
als daß er, ſeine Frau und Tochter, Gulden und
ſein Sohn ſich vor die Thüre ſtellten, und allen
vorübergehenden Pöbel, mit Poſſen und Thränen
mit Liſt und Gewalt für beliebige Bezahlung, hin-
einzutreiben ſuchten. Auch währt' es keine
Stunde, ſo hatte der äußerſt komiſche Aufzug un-
ſrer fünf Helden eine Menge Menſchen in das
Haus herein verſammlet, von denen ſich denn doch
einige funfzig hatten hineinlügen, hineinliebäugeln,
hineinflehen, zerren und drängen laſſen.

  Zwar waren nicht viel über zehn Thaler von
all dieſen eingekommen; aber Gulden meinte, es
wäre doch beſſer als nichts, und man hätte doch
wenigſtens nicht die Schande für ſieben Menſchen
geſpielt zu haben. Dieſer Troſt wurde noch zur
Hin

Hinterthüre hinein merklich verstärkt. Im Hintergebäude des Hauses war ein Kaffehaus für beyderley Geschlecht, welches am Sonntage ganz ungemein mit Gästen angefüllt zu seyn pflegte. Diese Gäste hatten sich bey dem großen Tumult, durch die Hinterthür, bey der die Magd des Hauses ohne alles Geräusch die Einnahme besorgte, in den leeren Konzertsaal geschlichen. Dadurch war der Saal so voll geworden, daß unsre Helden aufhören mußten einzutreiben, und sich selbst kaum zum Flügel hindrängen konnten.

Wie nun alle die Zusammengetriebenen da stehn, größtentheils gar nicht recht begreifen, was sie eigentlich da sehen werden! Der eine vermuthet eine Komödie, der andre ein Marionettenspiel, der dritte tanzende Hunde, oder seltne Thiere, indem er den Knaben von hinten für einen verkleideten Affen hält, und die Tochter die in einer Ecke steif am Tische sitzt, für eine redende Seejungfer. Endlich versammlen sich nach und nach die Musikanten wieder, die sich so verloren in das nächste Wirthshaus geschlichen.

Signore

Signore Picciolo ordnet unterdeſſen die Pulte,
— Hüte an Stühle gebunden, — und Tiſche um
den Flügel herum; reißt den Flügel, zu dem kein
Schlüſſel da war, mit Gewalt auf; irrt eine
Weile darauf herum, das a zu finden, wornach
die übrigen nun in aller Eil ſtimmen ſollen, zieht
darüber ſeine Frau zu Rathe, dieſe die Tochter und
endlich geben ſie b an. Darnach ſtimmen denn
die andern nach Vermögen. Nachdem ſie ſo eine gute halbe Stunde geſtimmt, beruhigen ſie
ſich einer den andern, es ſey gut. Es ſtimmten
aber warlich nicht zwey zuſammen. Der Hoboe-
blaſer aber ſagte mit gravitätiſcher Gebehrde: Ja,
wenn das ſo bliebe, ſo bald die Inſtrumente
aber warm werden, verzieht ſichs, und is alles
hin.

Einer von den Zuhörern aber, der die Stelle
dichte hinter den Waldborniſten hatte, der mit ſeinem Waldhorn über einen halben Ton zu hoch
ſtand, konnte ſich nicht enthalten, um nicht den
ganzen Abend zu leiden, dieſem ſachte zu ſagen:
ſie ſtehn zu hoch. Worauf dieſer aber in der
Meinung, er benähm' ihm die Ausſicht ganz gelaſſen antwortete: Laſſen Sie das man gut ſeyn,

I   ſo

so bald die Kerls da ihren Hokuspokus anfangen
setz' ich mich nieder.

Signore Picciolo lief nun in der größten Her-
zensangst von einem zum andern, um eine Sym-
phonie zu finden: es war aber keine da. Sie
sahen sich deshalb genöthigt mit einer Arie anzufangen. Die Alte sollte mit einer desperaten Arie
auftreten: da ihr dieses der kleine Picciolo auf
den Zehen stehend, mit der rechten Hand übern
Kopf zuwinkte, schrie sie ihm auf italiänisch zu,
er sollte ihr zwischen den Musikannten und den Zuhörern gehörigen Platz machen. Nun wurde alles aufmerksam. Der kleine Picciolo preßte die
Musikannten so viel er konnte gegen die Wand,
und dann hinkte er mit gräßlichen Gebehrden gegen die Zuhörer hin, die immer nachschoben, und
schrie: Platzen sie, platzen sie.

Diese verstanden das nicht so gleich, nahmens
für die erste Vorstellung, beklatschtens und wären
über den närrischen Kerl der nun anfing auf eine
gar poßierliche Art böse zu werden, bald für Lachen geplatzt. Er fing aber an die vordersten zurück zu drängen, und rief immer fort: platzen sie,

platzen

platzen sie. Endlich verstanden sie 's, zogen sich allmählich zurück, und machten der Alten einen ziemlichen Platz.

Diese kam nun mit ihrem großen breiten Fischbeinrock angeschift, und neigte sich nach hinten und vorne und nach beyden Seiten gar sehr pathetisch. Ihr Anzug bestand aus Kleidungsstücken, die ihr von verschiedenen sonst gespielten Rollen übrig geblieben waren, als aus der Semiramis, der Ino, der Marzia im Catone u. d. g. Was sie sang war eine sehr wüthende Arie aus dem Orlando Furioso, die sie mit mehr als italiänischer Heftigkeit sang und agirte. Ihr Mann stand mit dem Notenblatte hinter ihr und souflirte: denn sie mußte beyde Hände frey haben, um in der Luft Bäume zu ergreifen, sie grausam zu zerschütteln, auszureissen und unter die Zuhörer zu werfen, auch sich nach Gelegenheit wüthend für die Brust zu schlagen, die Haare auszuraufen, u. s. w.

Die Arie hatte kaum fünf Minuten gedauert; demohngeachtet aber war die Alte so abgemattet davon, daß sie Signore Picciolo und die alte

J 2   bucklich-

bucklichte Frau halb für todt zu einem großen
Stuhle hinführen mußten. Die Alte hatte in
ihrer Wuth den Flügel nicht vermißt und da sie
in der Arie mehr zu schreyen als zu singen hatte,
so wurd' ihr das Intoniren eben nicht schwer.
Nun aber die Tochter dran sollte, wurde Signore
Picciolo erst gewahr daß der Flügelspieler nicht
bestellt worden, und ohne Flügel wollte die Tochter nicht singen.

Eigentlich glaubte sie wohl durch diesen Aus-
weg für heute vom Singen, daß so eigentlich
ihres Amts nicht war, loßzukommen; allein der
listige Vater hatte bald unter den Zuhörern einen
aufgefunden, der sich zum Accompagniren bequem-
te. Dieser wurde aber so wenig gewahr daß der
Flügel einen halben Ton tiefer stand, als die übrigen Instrumente, und spielte tapfer drauf loß.
Was dem Uebel noch einen guten Theil abhalf,
war, daß der Flügel durchaus sehr verstimmt war,
denn es hatte niemand dran gedacht ihn stimmen
zu lassen, und daß also viele Töne zu den
übrigen Instrumenten so zufälliger Weise accor-
dirten.

Was

Was aber weder zum Flügel noch zu den Instrumenten stimmen wollte, war der Gesang der
Signora Picciolo Sie irrte lange um den Ton
herum, aus dem die Arie ging und schloß die Arie
ohn' ihn gefunden zu haben. Sie hatte aber mit
starren Blicken aus großen weit aufgerißenen Augen, und mit niedergeschlagenen Augen, und mit
halb umschleyerten Blicken, und mit verstohlnen
Blicken aus dem linken Augenwinkel hervor, so
gut abzuwechseln gewußt; hatte die rothgefärbten
Lippen so mannigfaltig lächeln und spielen lassen;
die Schnürbrust so oft zu eng für ihren Busen
gefunden, daß sie am Ende der Arie mit lautem
Händeklatschen belohnt wurde. Sie verneigte sich
tief, die niedergeschlagenen Augen auf ihren her-
vorgepreßten Busen geheftet und wurde nocheinz-
mal und noch stärker beklatscht.

Der alte Picciolo vergaß mit einmal die
Wuth in die ihn Gulden gesezt hatte, und hüpfte
freudig der siegenden Tochter entgegen. Er raunte
ihr sachte ins Ohr, die Hauptabsicht des Konzerts
sey nun doch erfüllt. Die Mutter meinte aber
doch, sie erzeigten der Tochter gar zu viel Ehre.

J 3   Gul-

Gulden hatte während der ganzen Arie der
Tochter des Picciolo, mit diesem einen gar sehr
heftigen Rangstreit geführt. Er sahe die Ehre seines Virtuosen aufs empfindlichste dadurch gekränkt,
daß dieser erst als der dritte auftreten sollte, und
gebot dem Knaben izt gar nicht zu spielen. Diesem war das Gebot sehr willkommen, denn so wenig er sich auch für die große Menge von Zuhörern fürchtete, so wenig war ihm doch izt spielerisch
zu Muthe, da seine Backen noch von den Ohrfeigen des Vaters glühten.

Picciolo aber wollte rasend werden, da all sein
Bedeuten, all sein Zureden, sein Fluchen, sein Auf-
wiegeln der Zuhörer, nichts über den alten Gulden vermochte. Endlich aber fand dieser selbst ein
bequemes Mittel sich zu überreden. Er that den
Vorschlag daß seinem Knaben die gekränkte Ehre
dadurch reparirt werden müßte, daß für ihn unter
den Zuhörern eine besondere Collekte gesammelt
würde. Nach langen Debatten wurde das zugegeben. Nun wurde der Knabe auf den Tisch gestellt, und spielte sein tausendkünstliches Solo.
Kaum stand der Junge auf dem Tische, so wurde
er unmäßig beklatscht. Dieses verdoppelte sich
                                              beym

beym Ende des ersten Allegros, welches er aber aus
Schaam für seine Stellung und für das Händeklatschen mit einiger Verlegenheit spielte. Wie er
aber das Adagio anfing erstaunten alle, und selbst
sein Vater so, daß sie verstummten. Noch nie
hatte er mit so vieler Empfindung gespielt. Es
klatschte auch wirklich kein einziger. Viele blieben
starr ihn anblickend stehen. Einige murmelten sich
sachte in die Ohren. Wohl mancher wischte sich
die Thränen ab. Er hatte wirklich alle bis auf
den gemeinsten Pöbel gerührt.

Gulden begrifs nicht. Aber der alte Picciolo fühlte den Grund. Er hatte bemerkt daß der
Knabe im ersten Allegro, die zehnjährige Tochter
ihres Wirths einigemal anblikte, und jedesmal für
Schaam über und über roth wurde. Beym
Anfange des Adagio hatte er nur mit halbem
Blick hingesehn, ob sie noch da sey, und dann nicht
mehr hingesehen als da es zu Ende war, alsdann
sie aber auch ganz offen angeblickt, und da er Thränen in ihren Augen sah, und sie beschämt nieder-
blickte, seelig auf ihrem Gesichte verweilt.

Nun spielte er die letzte Menuett mit Variazionen worinn das ganze Paradies redend ein-

J 4   ge-

geführt war, aber mit weniger Lebhaftigkeit und
Gaukeley als ers wohl sonst schon gespielt hatte.
Das Bravorufen und Händeklatschen nahm kein
Ende, bis der alte Gulden mit dem Hute des
Knaben die Einsammlung begann. Die meisten
gaben recht gerne ihr Schärflein dazu. Nur die,
die kein Geld hatten, fandens impertinent, drück-
ten die leeren Finger tief in den Hut, und mach-
ten groß Aufhebens über die Geldschneiderey.
Wohlüberzählt kam noch für den Knaben sechs
Thaler sechs Groschen zusammen.

Nun erschien Signore Picciolo in einer komi-
schen Aktionsarie. Während des Solo's hatte er
seinen Anzug verändert. Er erschien in einer
Kleidung, in derer auf den größten Theatern in
der Welt den Dokter Pandolfo gespielt haben
wollte. Eine weiße hoch aufgekräuselte Perücke
von Ziegenhaaren bedeckte seine Stirne, Ohren und
den größten Theil der Backen. Hinten war sie
mit einem seidenen rosenrothen Bande hoch aufge-
bunden. Ein kurzer Rock mit hoher Taille und
steifen Schoßen, mit Goldpapier statt Treßen auf
allen Nähten besetzt, und großen Aufschlägen von
bemahltem Blech statt Silberstof, stand ihm steif
von

dem Nacken bis an die Kniekehle eine halbe
Spanne um den Leib herum. Die lange fast bis
an die Knie reichende Weste, und engen überm
Knie sich schließende Hosen, waren von Löschpa-
pier, besetzt mit einem kompleten Spiel Karten.
Sehr witzig waren die Könige und Damen und
Buben, jeder nach seiner besondern Spielfähigkeit
placirt. Coeur As stand auf dem Herzen. Dazu hatte er rothe Strümpfe mit goldenen Zwickeln
und Schuhe mit hohen rothen Absätzen. Noch
einen sehr großen Hut mit einer starken rothen Feder
besetzt, unterm Arm, und einen kleinen porzelai-
nenen Degen zwischen den Waden schlenkernd.

So stürzte er, voller Wuth aus dem naheran-
stoßenden Kaffezimmer heraus, und unterdessen
das Ritornell ziemlich lange fortdauerte, agirte er
mit ganz abscheulicher Wuth auf die Thüre zu,
bis endlich am Ende des Ritornells an einem kleinen Gitterfenster über der Thüre des Kaffezim-
mers, seine Schöne erschien. Diese war niemand
anders als das alte bucklichte Weib in einem grünen tyroler Sonnenhut; da zerschmolz seine abscheuliche Wuth in noch abscheullicherer Zärtlichkeit,
und er mahlte seiner Schönen, das mächtige Kla-

J 5 pfen

pfen seines Herzens. Es ging tippe tappe, tippe,
tappe, tippe, tuppe tippe tappe, tippe tuppe, tippe
tappe — — — — — —

Dieses waren die Worte zur ganzen Arie,
die fast eine Viertelstunde dauerte. Wohl einige
tausendmal wurden diese Worte wiederholt, und der
Kerl pfif und sang und schrie und brüllte alle
Töne in der Natur durch. Im Anfange war es
das Pfeiffen der kleinsten Maus, und so durch
alle Grade durch, daß es am Schluße das heftig-
ste Brüllen eines brünstigen Stiers wurde. Er
war auch so ganz in seinem Himmel, daß er lange noch fortschrie, da die Musikanten schon für
baucherschütterndes Lachen, zu spielen aufgehört
hatten.

Was im Anfange seine zärtliche Wuth noch
komischer machte, war, daß sich die großen starken
Kerls von ihren Notenpulten immer zu ihm hin-
drängten und ihn umzingelten, um den kleinen
zetergewaltschreyenden Kerl ins Gesicht zu sehen.
Wobey er dann unabläßig hinten und vorne und
zu allen Seiten ausschlug, um sich Platz zu machen, und zwischen ein immer schrie: platzen sie,
platzen.

platzen sie, tippe tuppe, tippe tappe, platzen sie, tippe tuppe, platzen sie, platzen sie — — —

Nun sollte nach dem Gauge der Arie, der Sohn des Dokters aus dem Hause seiner Schö‐nen erscheinen, damit der Vater wieder in seine erste Wuth gerathen, und sich der Akt mit ei‐nem bravourvollen Duett endigen konnte. Der Sohn hatte aber Tenor zu singen, und dazu wollte sich keiner in der Stadt finden lassen. Der Alte, der gerne jede Gelegenheit nutzte, seine Auf‐züge immer komischer zu machen, hatte einen jun‐gen Menschen von der Musikantenbande, der das Fagott blies dahin beredet, die Singeparthie des Sohns auf dem Fagott zu blasen, und stellte ihm sein Pult unter das Fenster seiner Schönen. Wie dieser nun in der Unschuld seines Herzens, die Parthie des Sohns zu blasen anfängt, geht Pic‐ciolo mit Tiegerwuth auf ihn los und zerarbei‐tet sich gar grimmig gegen den Fagott. Der jun‐ge Mensch war für Schreck fast in die Knien ge‐sunken, und spielte daher, ohn es zu wissen, desto natürlicher die Rolle des erschroknen betroffnen Sohnes.

Der

Der größte Theil der Zuhörer war mit dieser
Vorstellung ganz vorzüglich zufrieden, und ließen
ihren sehr lauten Beyfall erschallen. Der eine
schrie während dem Klatschen: Das is 'n ver-
fluchter Kerl; der andre: poß Geck und kein
Ende; noch ein andrer: der Kerl hat den Teufel im Leibe. Gegen all die Lobeserhebungen
verneigte sich Picciolo mit unbeschreiblicher Selbst-
gefälligkeit und Behaglichkeit.

Die denn aber unter den Zuhörern nur einigermaßen Ohren hatten, waren, ohnerachtet sie über
den närrschen Kerl im Anfange herzlich lachen mußten, gar sehr froh, daß das Blitzhageljetergeschrey
einmal ein Ende hatte. Unter diesen war auch
ein Mann, der sich an solchen Possen in seinem
Leben schon satt gesehen und satt gelacht hatte, hier
also ungerührt geblieben; der auch übrigens die Ei-
genschaft hatte, daß er, wenn er einmal sein Stück
Geld wozu anlegte, schlechterdings in nichts anders Vergnügen finden konnte, als gerade daran,
wozu er das Stück Geld angelegt. Dieser hatte
von Anfang des Konzerts an eine sehr unzufriedene
Miene gemacht, und während der Arie des Picciolo sein großes Mißfallen gar deutlich bezeugt.

Dem

Demohngeachtet rief er am Ende der Arie ganz
allein sehr ernsthaft: Da Capo.

Die Uebrigen, die ihn kannten, wunderten sich,
ärgerten sich auch, daß sie das Geschrey noch einmal hören sollten. Indessen nahm Signore Picciolo, so athemlos und wassernaß er auch war, die
Einladung mit großen bockspringigen Bücklingen
auf, und hub seine Arie von neuem an. Auch nicht
ganz unvorbereitet: denn nun fing er beym Brüllen des brünstigen Stiers an, und hörte mit dem
Pfeiffen der Maus auf. Er war aber schon zu
sehr entkräftet, als daß er das Herz seiner vorher
gerührten, erschütterten Zuhörer abermals mit
Sturm hätte einnehmen können. Auch wollte sich
der junge Mensch nicht mehr zur Parthie des Sohnes bequemen, und der keuchend wüthende Alte
ergriff mit Freuden diese Gelegenheit, sein Leben zu
retten, und brach da, wo das Duett einfallen sollte, wohlbedächtig ab.

Das erregte nun unter den vorher lautgeworde-
nen Zuhörern großes Mißfallen, und er blieb völlig unbeklatscht. Die Uebrigen waren froh, daß
es zu Ende war. Indem ruft derselbe ernsthafte
Mann

Mann noch einmal: Da Capo. Picciolo, der kaum mehr auf den Beinen stehn kann, vermag nicht die hohe Ehre von sich abzuweisen, und rüstet sich schon zum drittenmale anzufangen. Da sich aber die übrigen Zuhörer alle dawider empören, und alle mit Verwunderung und Verdruß nach dem aufgerichtstehenden Mann hinsehen, sagt' er ganz kalt: Ich dachte, die Bestie sollte krepiren. Wie nun dem kleinen Kerl alle mit Gewalt in die Höhe getriebenen Muskeln sanken! wie er tief in den Boden blickend davon schlich! —

Nach der vorherbestimmten Ordnung sollten nun die Frau und Tochter ein Duett singen: allein sie waren beyde in solchem entsetzlichen Husten begriffen, daß sie in Gefahr waren zu ersticken. Es hatten nemlich alle die Herren, die sich aus dem Kaffeehause zur Hinterthüre hineingeschlichen, sich so sachte ihre Pfeifen und Biergläser zum Fenster hineinreichen lassen, sich da im Hintergrunde des Saals mit ihren Schönen niedergelassen, und trieben da ihr Wesen. Da die Herren nun aber allesamt keine kalte Pfeifen rauchten, so entstand sehr bald ein solcher gräulicher Dampf im Saale, daß alles in einem dicken Nebel gehüllt war. Dieses war nun

nun der entkräfteten Alten, die mit ſtarken Zügen
nach Luft ſchnappte, gar ſehr auf die Bruſt gefallen; eben ſo der engſchnürbrüſtigen Tochter.

Signore Picciolo eilt in der größten Angſt ſeines Herzens zum Saal hinaus, um den alten
Bedienten für die Ratz und für die Zahn, zur
Hülfe zu rufen: Findet dieſen aber von einer
großen Menge Menſchen umringt, wie er eben
im Begriff iſt, einem Pohlen den Zahn auszu-
ziehn. Er hatte hier im Vorhauſe, während des
Konzerts ſein Theater aufgeſchlagen, und dieß
war ſchon der ſiebente Zahn den er mörderlich an-
packte. Es hielt mit dieſem ſchwer und er konnte
alſo auf alles Zuſchreyen des Signore Picciolo, der
ſich mit ſeinem platzen ſie, platzen ſie, nicht durch-
drängen konnte, nicht viel geben. Bis denn endlich der zweite Angrif gelingt, und der Kerl zwey
Zähne für einen heraus bringt. Da ſtehen ſie nun
beyde in großer Verlegenheit gegen einander. Der
Zahnbrecher in Angſt für Prügel, der Pohle in
Furcht der Kerl würde nun für zwey Zähne Bezahlung fordern, da er doch nur für einen Geld
bey ſich hatte.

Unter-

Unterdeſſen hatte des Picciolo unbändiges Geſchrey
die meiſten Zuhörer aus dem Saal ins Vorhaus gelockt, und das Konzert verlor ſich ſo in ſich ſelbſt.
Einige junge Herren waren zurückgeblieben, um
der leidenden Schönen hülfreiche Hand zu leiſten,
und verloren ſich in Werken der Liebe zum Nächſten.

Gulden hatte ſich ſogleich beym Ende der Arie
mit den übrigen Muſikanten in die Biervorraths-
kammer zurückgezogen, für deren Anfüllung Rothbart den ganzen Tag vorher treulich geſorgt hatte.
Izt machte er den Mundſchenk und trank den Gäſten mit Proſt zu.

Unſer Knabe und ſein kleines liebes Mädchen,
die ſo lange Hand in Hand ſtumm neben einander
geſeſſen hatten, waren um die in Ohnmacht geſunkene
Alte beſchäftigt, und ſchnürten ihr in der Unſchuld ihres
Herzens die Schnürbruſt auf. Dabey kam ihnen
einer von den jungen Leuten, der ſich nicht hatte
vor die andern bis zur Demoiſelle hindrängen können zu Hülfe.

So fand es Signore Picciolo, da er mit ſeinem
Arzt für die Ratz und für die Zahn ankam, welcher
denn

dent auch die Darniederliegenden mit einem Guß
kalten Waſſers ins Geſicht, gar bald aus ihrer Ohnmacht weckte. Signore Picciolo war ſehr dankbar
gegen die menſchenfreundlichen jungen Herren, und
nöthigte ſie den Abend in ſein Logis. Viere von
den Herren nahmen die Einladung an, und be-
gleiteten die Damen.

Gulden war ſchwer von den Bouteillen weg-
zubringen. Da indeſſen der alte Picciolo verſicherte, er habe ein feines Soupee veranſtaltet,
ließ er ſich bewegen mitzugehen.

Unſer Knabe führte ſein kleines liebes Mädchen bey der Hand. Es war würklich ein liebes
blondes blauäugigtes Mädchen, die in aller Unſchuld und Einfalt erzogen, nichts wußte, als ihren Katechiſm, ſtricken, mit der Nadel ſticken,
und Blumen pflanzen. Da ſie nach Hauſe kamen, gingen ſie beyde in den Garten der Kleinen. Der Vater hatte ihr einen kleinen Theil
ſeines Gartens zum Blumenpflanzen eingeräumt,
und da pflegte ſie ſich die Blumen, die ſie gerne
ſticken wollte, ſo zu pflanzen, und ſie, wenn ſie
aufgeblüht waren, hübſch bunt durcheinander in einen

Straus zu binden, den dann so zum Vorbilde
auf ihren kleinen Rahmen zu legen, und darnach
zu sticken.

So gerne sie auch aufm Hofe oder übrigen
Garten mit andern Kindern und besonders mit
kleinen Knaben spielte, so ungern und selten nahm
sie sie doch mit in ihren kleinen Garten. Sie wollten denn da man immer so die Blumen haben, ris-
sen sie oft ab, eh sie recht aufgeblüht waren, und
dann hatten sie sie nicht einmal so recht lieb.
Nein, nein, so gerne sie auch ihre auf Leinewand
gestickte Blumen verschenkte, so ungern gab sie
eine Blume vom Stocke; sie vertauschte vielmehr
sehr oft mit andern Kindern ihr Frühstück oder
Vesperbrod, gegen Blumen.

. Sonderbar wars aber, wie sie unsern kleinen
Heinrich sogleich den ersten Abend in ihren kleinen Garten führte, ihm all ihre Blumen zeigte,
und wie sie lang umsonst gewünscht hatte, daß
Heinrich sie um Blumen bitten möchte, dieser
aber immer so furchtsam bescheiden that, immer
über die Blumen hinsah, wenn sie ihn freundlich
anblickte, wie sie ihm da einen allerliebsten Straus
von

von den besten Blumen pflückte, und ihn, nachdem sie sie lange unentschlossen in der kleinen
Hand getragen, um seinen Hut bat, er müßte
aber auch nicht hinsehn, und sie ihm an den Hut
steckte, und wie er über und über roth wurde
und zitterte, da sie ihm den Hut aufsetzte.

Ihr wars, als wenn sie weinen und lachen
sollte. Auch fand sie den Abend zum erstenmale,
daß sie ihre kleinen Fußsteige zwischen den Blu-
menbeeten viel zu schmal gemacht hatte: denn
Heinrich mußte immer hinter ihr hergehn, und
sie hätt' ihn doch so gerne zur Seite gehabt.

Es war kurz vor Untergang der Sonne, da
Friederike unsern Heinrich zum erstenmale in
ihren Garten führte. Mit der untergehenden
Sonne stieg der volle feurige Mond in die Höhe. Die Kleinen, die nur sich und den Blumen
lebten, hatten weder das Untergehen der Sonne,
noch das Aufsteigen des Mondes bemerkt, bis
endlich Friederike in ihrer eitlen Geschäftigkeit,
mit der sie um den Heinrich herumsprang, bald
hier ein verdorrtes Blatt abriß, bald dort einen
Blumenstock in die Höhe richtete, und ihn befe-

K 2   stig-

ſtigte, bald mit ihren kleinen Fingern die Erde
unter den Blumen aufwühlte, ob ſie auch zu tro-
cken ſey, und dabey Heinrichen feſt und heilig
verſicherte, man könnte gar nicht vorſichtig genug
mit den Blumen umgehn, eh man ſichs verſähe,
hätten ſie einen Pips weg — — bis ſie, wie ſie
ſo recht keck einen dürren Zweig abreißen will, eine ganze Blumenſtaude ſamt ihrer Wurzel aus-
riß, und

Friederike (das Geſicht mit den kleinen Händen bedeckt, den Kopf herabgeneigt, dann die
Hände, von den für Schaam glühenden Backen
herabgleitend, tief gefaltet und hinauf an den
Himmel blickend.) Ach ich dummes, dummes
Mädchen. (Sie erblickt den noch feurigglühenden
Mond) Aber mein Gott, ſehn Sie doch nur, lieber Muſie Gulden, die Sonne ſteht ja jetzt höher als erſt, da wir in den Garten kamen.

Heinrich. J je! — Aber es mag wohl
nicht die Sonne ſeyn. — Doch aber der Mond
kanns ja auch ohnmöglich ſeyn, das iſt viel zu
roth.

Frie-

Friederike. Nein der Mond kanns ohnmöglich seyn, denn bey Mondschein geh' ich niemals in den Garten.

Heinrich. Ne, ne, es ist die Sonne.

Friederike. Sehn Sie nur, lieber Musje Gulden, das hat mir mein Papa verboten, bey Mondschein soll ich kein einziges mal in den Garten gehn. Ach und ich ginge zuweilen so gerne! Aber er hats verboten —

Heinrich. I mein Gott warum denn?

Friederike. Ja das weiß ich nicht, das hat er mir nicht gesagt: er sagte wohl einmal was von Erkälten, aber das kanns wohl nicht seyn, denn ich sitze ja oft mit ihm und der Mama bis zehn Uhr vor der Thüre, da unter dem großen Kastanienbaum, wo die Bank darunter steht. Mein jüngster Bruder und die jüngste Schwester sind denn schon lange zu Bette, aber ich geh nur erst, o das ist wohl schon — wohl schon fast ein ganzes Jahr, daß ich erst zu Bette gehe, wenn Mama und Papa geht. Nur in den Garten darf ich des

K 3   Abends

Abends nicht gehen. Papa sagte auch wohl einmal was von ehrlichen Mädchen, aber das hab'
ich ihm nicht recht verstanden. J nun, er muß
doch so seine Ursachen haben, denn das glauben
Sie mir nur, mein Papa hat mich recht lieb, er
thut mir auch recht viel zu Gefallen, das kann ich
nicht anders sagen.

Heinrich. Hat er Ihnen denn den Garten geschenkt? Kriegen Sie alle Blumen zu behalten?

Friederike. O ja, ich kann mit machen was
ich will, und da hat sich keiner was drum zu bekümmern, daß ich Ihnen einen Strauß gegeben.
Nein, das muß wahr seyn, mein Papa thut mir
recht viel zu Gefallen; ich müßte lügen, wenn ich
das anders sagte: aber wenn ich denn auch einmal
ungehorsam bin, denn ist er auch sehr scharf, ach
sehr scharf.

Heinrich. (Sie ängstlich mit beyden Händen
beym Arm ergreifend, und sachte fortschiebend)
Ach, denn gehn Sie doch nur lieber gleich herein,
auf allen Fall, daß es der Mond wäre.

Frie-

Friederike (die des Heinrichs sonst so freyes, ofnes Gesicht mit einmal so ängstlich verzogen sieht, blickt ihn mit fragenden Augen und halbgeöfneten Lippen an, wird blaß, und weiß nicht, ob sie gehn oder bleiben soll.)

Der Vater. (Am Fenster mit der vorgesteckten Serviette, laut) Friederike!

Friederike. (sich zusammennehmend) Gleich, liebes Papachen. Ich will nur einen gelben Veilchenstock noch anbinden.

Heinrich (mit ängstlicher Stimme sie treibend) Ach lassen Sie das doch nur, kommen Sie doch nur, liebste — —

Friederike. Nun gut, ich will das lieber auf morgen früh lassen. (forteilend) Ich will morgen recht früh, recht früh in den Garten gehn. Sie schlafen aber wohl lange?

Heinrich. Ja — — O nein — — —

Und

Und nun war Friederike in der Stube, und
Heinrich horchte an der Thüre, und sah durchs
Schlüsselloch, ob sie auch unfreundlich empfangen
würde. Der Vater hatte aber ihr unschuldiges
Gespräch am Fenster mit angehört, und ließ es
bey einer gelinden Ermahnung bewenden. Heinrich ging nun langsam die Treppe hinan, und
vergaß die zweyte Stufe immer, wie gewöhnlich,
zu überspringen.

Beym Schlafengehen nahm er sich fest vor, den
folgenden Morgen um fünf Uhr aufzustehen, und
in den Garten zu gehen. Darüber konnt er gar
nicht einschlafen, bis endlich gegen Morgen, da überfiel ihn der Schlaf, und er schlief bis sieben. Da
sprang er, bös auf sich selbst, schnell aus dem Bette,
zog sich, für Unwillen weinend ganz still an, und
schlich sachte zur Thür hinaus, und nun heydi, in
den Garten.

Friederike war schon bald eine Stunde im
Garten, und war all Augenblick an die Gartenthüre gelaufen, zu sehen, ob er noch nicht käme. Da
er kam, war sie eben von der Thüre weg in den
Garten gegangen. Nachdem Heinrich eine Weile
unent-

unentschloſſen an der Gartenthůre geſtanden, trat
er, ihr ſo ganz unerwartet, in die Thůre. Sie
war eben wieder im Begriff, an die Thůre zu
laufen, lauft auf ihn zu, und fällt ihn recht freudig um den Hals. Kaum hatte ſie aber mit ihren Lippen ihn berührt, als ſie ſchnell zurückflog,
ihr glühendes Geſicht mit der kleinen Schůrze bedeckte, und beſchåmt mit halber Stimme ſagte:
Ach mein Gott, ich dacht' wohl gar, es wår mein
jůngſter Bruder.

Heinrich. (mit zitternder Stimme) J das
hat ja nichts zu ſagen — J das kömmt ja wohl.

Ich halte mich fůr einen Theil meiner Leſer
vielleicht ſchon zu lange bey dieſen, mir ſo lieben
unſchuldigen Scenen auf, ich will deßhalb nur
noch ſagen, daß den beyden lieben Kindern ſeit der
Zeit immer herzlich bange war, wenn ſie nicht bey-
ſammen ſeyn konnten. Friederike ſuchte ſich denn
immer ſo viel ſie konnte von ihren Geſchwiſtern
und Geſpielinnen loß zu machen, und mußte ſie
unter ihnen ſeyn, ſo pflegte ſie ganz ausgelaſſen
viel zu lachen: denn weinen wollte ſie doch nicht
gerne vor den Augen der andern. Ihren jůngſten

K 5   acht-

achtjährigen Bruder gewann sie nun besonders lieb,
und nahm ihn sehr oft, wenn Heinrich nicht da
war, mit sich in den Garten, und dann herzte und
küßte sie ihn soviel, und beschenkte ihn mit Blumen,
daß der seines Bleibens nicht wußte. Heinrich
aber, der am Tage die meiste Zeit oben in der ver=
schlossenen Kammer, die leider nicht nach dem
Garten ging, die Geige üben mußte, kam immer
von dem vor sich habenden Stück ab, und fiel so
in eigene Phantasien, die gemeinhin in den trau=
rigsten Molltönen herumirrten.

Konnten sie aber nur irgend von ihren Eltern
sich loßbitten, oder sich davon schleichen, so waren sie
zusammen im Garten. Und dann war ihnen so
wohl. Heinrich leistete seiner lieben Kleinen in
ihrer Vorsorge für die Blumen fleißig hülfreiche
Hand. Er trug ihr das Wasser herbey; er machte
ihr das kleine Zuschlagemesser, womit sie die Blu=
men zu beschneiden pflegte, auf und zu; er richtete
sie, sehr besorgt, und sehr geschwind auf, wenn sie
beym Knieen vor den Blumen niederfiel, und putzte
ihr den Staub von den Kleidern — —

Auch

Auch trieben sie mit einander allerley unschuldige, kindische Spiele, und waren dann so seelenver-
gnügt dabey, daß sie oft Essen und Trinken drüber
vergaßen. Wenn sie dann so vom Ballspiel, oder
Wettlaufen, oder Kreysel und Tonnenbandschlagen
sehr erhitzt waren, dann fächelte einer den andern
mit seinem Tuche kühl. Bisweilen nahm wohl
auch Friderike ihre kleine Schürze dazu, die reichte
dann aber nicht recht in die Höhe und da mußte
Heinrich ins Graß niederknien. Wie sie dann
schon bekannter mit einander waren, sich schon
Schwester und Bruder nannten, — es geschah so
ziemlich in den ersten Tagen — da zog dann wohl
Heinrich seine kleine Schwester zu sich ins Graß,
und sie riß dann Graßhalme aus, und bewarf ihn
damit, und er — that dasselbe, bis sie wieder ganz
erhizt waren.

Obgleich sie nun nicht die geringsten Heimlichkei-
ten bey ihren Spielen hatten, so war ihnen doch
ihr ganzes Vergnügen verstört, so bald sich andre
Kinder drein mischten, und gemeinhin prügelte sich
dann Heinrich mit allen Jungens herum, und
Friedrike weinte sich oft bey solchen gemischten Spielen, die Augen ganz roth, daß Heinrich ihr dann eh

sie

sie hinein gingen, die Augen behauchen mußte, damit sich die Röthe verlor. — —

Mit Gewalt reiß ich mich vom Bilde der Unschuld loß, um die Geschichte des Konzertabends zu verfolgen. Es war acht Uhr da Gulden mit dem Signore Picciolo, dessen Familie und Gästen, zu denen noch die Tochter, zwey häßliche Mädchen von ihrer Bekanntschaft eingeladen, in das Zimmer des Signore Picciolo ankam. Da dieser erst die Tauben die den Abend verzehrt werden sollten, selbst braten mußte, so schlug die Tochter zu Ausfüllung der Zwischenzeit ein kleines Pharaospiel vor. Die jungen Herren sogen das zuckersüße Lächeln von ihren zinnoberroten Lippen, und die wohl vertheilten Seitenblicke aus ihren spielenden Augen begierig ein, und spielten schon im Geiste.

Die Mutter ließ sich vom alten Gulden fünf Thaler kleine Münze geben, den Friedrichsd'or dafür wollte sie hernach aus dem Schrank holen, und machte die Bank. Da ihr selbst das Abziehen zu beschwerlich wurde, so mußte der alte Bediente für die Katz und für die Zahn, der auch für die Narr ausgelernt war das Geschäft über

sich

sich nehmen. Die alte mischte die Karten. Der geringste Einsatz gegen diese Bank von fünf Thalern, sollte ein halber Gulden seyn.

Die höchstunerfahrnen jungen Leute merkten nicht einmal auf die alten klebrichen Karten mit denen abgezogen wurde, vielweniger auf die feinen Betrugskünste, und besetzten ihre Karten die ihnen die junge Signora in großer Menge aus ihrem Buche herauszog, gar fleißig. Ihr Spiel war bald getheilt in Karten die sie für die Damen, und vorzüglich für Signora Piccinlo besetzten, und in andern für sich. Die Herren hatten auch eine so glückliche Hand, daß die Karten die sie für die Damen besetzten, immer gewannen, während dessen die ihrigen flogen, als wären sie mit Quecksilber gefüllt. Was sie aber auch wieder an feinen und groben Gunstbezeugungen gewannen! Die ganze junge Signora war von der Fußspitze bis zur hängenden Locke am Halse, für sie in Bewegung.

Gulden hatte anfänglich nur zugesehn, aber bald gefiel ihm das Spiel so gut, daß er rief: he frisch gewagt is halb gewonnen! und einen harten Thaler auf die Dame setzte, die ihm die alte

Sig-

Signora mit liebegrinzenden Augen hinreichte. Und
siehe, Gulden gewinnt seinen Thaler. Die Alte
beredt ihn zum Paroll; aber Gulden meint:
Ein haben is besser als zehn kriegen, und läßt
sich seinen Thaler bezahlen. Besetzt aber den Buben von neuem, mit einem harten Thaler und gewinnt den auch. Nun sieht er, daß das Spiel
ihm wohl will, nimmt einen Stuhl, und spielt
ordentlich mit, und um die glückliche Stund recht
zu nutzen setzt er einen Friedrichsd'or auf die Dame,
die während, daß er sie unbesetzt ließ, zweymal auf
die rechte Hand gefallen, nur noch einmal drinnen
ist, und auf heimliche Eingebung der jungen Signora, von allen eifrigst besetzt wird. Aber die verliert
und bringt der Bank über drey Friedrichs'or, denn
die jungen Herren hatten ihr Spiel auch schon lange doublirt.

Nun gings, wie es mit unerfahrnen Spielern
bey Hazardspielen immer zu gehen pflegt, von allen
Seiten hitziger. Gulden verlor immer mehr und
mehr, und fluchte dabey alle Teufel und alle Heiligen zusammen. Einmal gewann er und zehnmal
verlor er. Wie er schon gegen zwölf Friedrichsd'or
verloren hatte, schrie er nach seinem Heinrich, der
schon

schon bald eine Stunde, da er seine liebe Friderike
hatte verlassen müssen, hinter des Vaters Stuhl
stand und mit großer Begierde dem Spiele zu sah.
Gulden rief ihn um zu versuchen, ob der Knabe
eine glücklichere Hand hätte. Dieser mußte daher
die Karten für den Vater ziehen, und selbst wel‐
che mit einem halben Gulden besetzen.

Die alte Signora, die den Gulden für die
Zukunft noch aufsparen wollte, hielt es für das
beste Mittel, ihn einigermaßen zu besänftigen, daß
sie den Jungen einige Thaler gewinnen ließ. Da
sie aber merkte, daß die jungen Herren schon
heimlich von einander Geld liehen, und daß sie
alle nicht mehr recht eifrig besetzten, ließ sie dem
alten Picciolo wissen, daß seine Tauben nun fertig
seyn könnten, sie wär mit den Schaafen schon fer‐
tig. Signore Picciolo gab ihr seine Herzensfreu‐
de darüber durch ein lautes Hahnenkrähen zu er‐
kennen, und kam, da Heinrich zur großen Freu‐
de seines Vaters eben im besten Gewinn war,
den Tisch, worauf sie spielten, zu decken. Die
Alte wies ihn zornig ab: ob er nicht wüßte, daß
das von den Herren depeudirte, die im Verlust
wären. Die Herren hatten aber ihrer leeren Ta‐
schen

schen und gespitzten Mäuler wegen schon längst
das Ende des Spiels gewünscht, und Guldens
feurige Protestation widers Essen half also nichts.
Es wurde gedeckt und gegessen. Beym Essen
sprach die junge Signora von Champagner und
ungarischen Wein, die Alte meinte aber, Cardinal wäre jetzt besser, dahingegen Picciolo behaup-
tete, man müßte in dieser Jahreszeit nichts als
Selzerwasser mit Rheinwein trinken. Während
dieser Rede schlich sich einer von den jungen Herren hinaus, die andern winkten ihm zu, und be-
stellten unten beym Wirth für ihre Rechnung,
Champagner, ungarischen Wein, Cardinal, Selzerwasser und Rheinwein hinaufzubringen. Darüber war nun Picciolo und seine ganze Familie
über alle Maaßen beschämt und betroffen, auch
konnten sie gar nicht so recht herzhaft von den
schönen Weinen eingießen, und es blieb wohl über
die Hälfte stehen. Wurde wohl aufgehoben.

Gulden und die alte Signora hattens sich allein recht gut schmecken lassen, und da der eine voll
Wuth, die andre voll großer Freude ans Werk
gegangen, so waren sie beyde sehr bald himmeldick
besoffen. Gulden ließ seine Wuth in ganz despe-

raten

raten Karessen an die Alte aus. Die Alte ließ
sich aber nicht grausam finden. Bald waren sie
ganz mit einander beschäftigt.

Der alte Picciolo, nachdem er seiner Tochter
die Klugheit eingeschärft, gegen die freygebigen
jungen Herren ja höchst sparsam mit ihren Gunstbezeugungen zu seyn, setzte sich hinter den Ofen und
schlief ein.

Die Tochter die selbst wohl einsah wie sehr ihr
dauernder Vortheil davon abhing, daß die jungen Herren ungesättigt blieben, suchte die übrige
Gesellschaft immer so viel möglich zu vermischen, und
schlug endlich Pfänderspiele vor. Unser Heinrich
wurde auf Verlangen eines der häßlichen Mädchen mit dazu gezogen. Diese war von den jungen Herren den Abend über gar zu sehr zurück-
gesetzt worden, und deshalb hatte sie zu etwani-
gen Ersatz den kleinen Heinrich in Affektion genommen, und lehrte ihm bey Tische, da das Küßen
die Reihe herumgieng, wie er recht zierlich und
zärtlich küßen müßte — —

L   So

So oft ich an dergleichen Scenen komme, die
unserm lieben Knaben seine glückliche Unschuld immer mehr und mehr rauben, und so den Saamen
zu seinem künftigen Unglück streuen, entfällt mir
die Feder: ich kann, ich mag solche Scenen nicht
ausmahlen. Leser, die die Welt kennen, kennen
auch die groben und feinen Künste solcher elender
Weibsstücke. Denen aber, die das unschätzbare
Glück noch besitzen, die Welt nicht zu kennen,
denen möcht' ich sie um alles in der Welt nicht
näher kennen lehren, als es nöthig ist, sie darauf
aufmerksam zu machen, damit sie sie fliehen und
verabscheuen; und haben sie Kinder, die sie in die
große Welt stossen müssen, diese bey Zeiten dafür
bewahren, sie ihnen fliehen und verabscheuen lehren.

Es war zwey Uhr des Morgens, da die jungen
Herren das Haus verliessen. Der eine, ein Kur-
ländischer Student, nahm eine noch nicht bezahlte
goldene Uhr, und der andre, ein pohlnischer Fähnrich, einen eben so wenig bezahlten brillantenen Ring
weniger mit heraus, als er hinein gebracht hatte.
Auch hatte dort unter diesen beyden, die Eyfer-
sucht ihren verderblichen Saamen gestreut, und
mancherley Sticheleireden hatten ihnen schon oft gegen

genseitig das Blut zu Kopfe getrieben, und die
Hand zum Degen geführt; den sie denn aber doch
aus Respekt gegen die Signora stecken liessen.
Kaum aber waren sie auf der Straße, so ging der
Krakehl von neuem an, und es währte nicht lange,
so schimpften sie sich, zogen vom Leder und hieben
sich auf dem Markte. Der Fähnrich bekam eben
eine Schramme über die Nase, als die Rathhauswache dazu kam und die Herren allesamt, die beyden Kaufdiener nicht ausgenommen, arretirte. Sie
setzten sich anfänglich zur Wehr, der Kurländer
verwundete auch einen Soldaten sehr schwer, zuletzt
behielt' aber die Wache die Oberhand, und sie wurden nach der Wache geschleppt.

Was ihre Lage in der Wachstube völlig abscheulich machte, war daß sie alle ganz ohne Geld waren. Der alte Bediente für die Ratz und für die
Zahn, oben an der Treppe, und das bucklichte Weib
unten an der Thüre stehend, hatten ihnen noch das
letzte Silbergeld zum Trinkgeld abgebettelt. (Ihrer
beyderseitiges Gehalt bestand eigentlich in solchen
Einnahmen.) Da von den Soldaten keiner ohne
vorher bezahlt zu seyn, zum Barbier gehen wollte,
so mußte mein Herr Fähnrich die Nacht über un-

ver-

verbunden bleiben. Doch was kümmert mich deren
ganzer Prozeß, der ihnen nachher die Hölle noch
sehr heiß machte.

Unterdessen die jungen Herren in der Wache
schmachteten und im Herzen wütheten, gings in
der Wohnung des Picciolo gar lustig her. Dieser, der während des ganzen Kommerzes keinen
Augenblick geschlafen, ob schon er die Augen immer fest zu hielte, und tapfer schnarchte, sprang
so bald die jungen Herren zur Stube heraus
waren von seinem Stuhl auf, und sah der Zurük-
kunft seiner Tochter, die die Herren die erste Treppe hinunter begleitete durch die Thürritze mit
Sehnsucht entgegen. Diese verweilte sich etwas
lange, denn sie bemühte sich den Ring so gut als
irgend möglich an ihrem Leibe zu verbergen, damit ihn die Eltern nicht sähen, und sie ihn ihrem
rechten Liebhaber, dem jungen jüngstvertriebenen
Kaufmann, den sie aus heftiger Leidenschaft unterhielt, zustecken könnte, um ihn dadurch wo möglich zu verbinden, daß er sie zur Frau nähme.

Die Uhr hielt sie in der Hand, da sie hinauf
kam. Picciolo aber, der eben so gut vom Ringe
wußte,

wußte, fragte zuerſt nach dieſem. Davon wollte
ſie nichts wiſſen. Nun ging die Katzbalgerey
loß. Eine Weile bliebs bey gegenſeitigen Schimpfen, Fluchen und Drohen. Dann gabs von Seiten des Herrn Vaters die erſte Ohrfeige. Die
Jung'er Tochter die noch Lebensart genug hatte
nicht ſogleich wieder zu ſchlagen, drohte, die Uhr
noch immer in der Hand haltend, daß, wenn er
ſie noch einmal anrührte, ſie die Uhr ſogleich in
tauſend Stücke zertreten wollte. Darauf erfolgte
ein zweyter härterer Kopfſchlag und zugleich ein
Grif nach der Uhr. Sie ſtieß den Alten aber,
daß er weit von ihr taumelte, warf die Uhr auf
die Erde, und trat ſie mit großer Wuth in kleine
Stücken.

Nun flog unſer hinkender Held mit teuflischer
Wuth auf ſie zu, warf ſie, ihrer ernſtlichen Ge-
genwehr ohngeachtet auf die Erde, riß ihr die
Haare in großen Büſcheln aus dem Kopf, die
Kleider vom Leibe, fand aber nicht den Ring.
Ueber den gräßlichen Lerm war die im Winkel
liegende alte Signora aufgewacht, taumelte auf die
blutenden Streiter zu, und da ſie ſie nicht mit
Zerren und Kneipen auseinander bringen konnte,

L 3

goß

goß sie ein groß Glaß kaltes Waßer über sie
aus.

Das kühlte den Alten Picciolo etwas ab, und
er vermochte nun der Alten, den Betrug und das
mit Füssen getretene Glück der Tochter nachdrük-
lich vorzustellen. Die Mutter fands zwar auch
bis zum Schimpfen und Fluchen abscheulich. Da
die Tochter denn aber doch übel zugerichtet war,
so bliebs von ihrer Seite beym Schimpfen und
Fluchen, wovon die Hälfte noch den Herrn Gemahl traf.

Die Tochter, die aufs Bette gebracht wurde,
hatte bey all ihren Schmerzen, die innere Freude,
daß ihr Ring unentdeckt geblieben, daß sie ihn
bald, wenn die Alten nur zu Bette gingen, an
ihren Liebhaber würde geben können — Denn ihre
gewöhnliche Zusammenkunft war bald nach Anbruch des Tages, wenn die Alten am festesten
schliefen — und daß ihre Wunden und Beulen vielleicht so viel über ihn vermögen würden, daß er
sie gleich mit sich in sein Haus nähme. Ihre
Wünsche wurden erfüllt. Die Eltern gingen,
nachdem sie eine auf dem Tische stehende halbe
Bou-

Bouteille Champagner ausgeleert, zu Bette. Der
Liebhaber kam mit Anbruch des Tages und nahm
sie mit zu sich. Obschon er sich nicht zur Trauung
verstehn wollte, und sie wohl einsah, daß sie das
bald wieder unglücklich machen würde, so zog sie
doch das entfernte Unglück dem nahen vor, ging
mit ihm und hofte durch ihre List das endlich noch
zu erhalten, was sie durch Aufopfrung ihrer und
ihrer Haabseeligkeiten nicht hatte erhalten können.

Gulden, der den Abend neben dem Wein viel
schweres Bier getrunken, war auf keine Weise zu
erwecken gewesen. Heinrich hatte ihn oft, während des Tumults freundlich zugeredet und bey der
Hand geschüttelt, wurde aber, so bald es der Alte
fühlte mit Fußstößen weggetrieben. Er mußte ihn
also in dem Winkel, wo er neben der Alten eingeschlafen war, liegen lassen, setzte sich weinend neben
dem Alten und ging, da ihn Picciolo nicht die
Nacht über da wollte sitzen lassen, mit quälender
Unruhe im Herzen zu Bette.

Er wußte gar nicht, wie ihm so ganz sonderbar
zu Muthe war: so ängstlich, so wüste, so voll. Es
war ihm, als wenn ihm in allen Gliedern etwas
läge

läge, daß ihn forttriebe, und doch war es ihm so
schwer, so beklommen, daß er nicht das Geringste
hätte unternehmen können. Er sehnte sich so herzinniglich und wußte nicht wonach. Er fühlte innern Abscheu, und wußte nicht wofür. Tausend
Bilder schwebten vor seinen Augen. Tausendfaches
Geschwirr von Tönen summte um seine Ohren.
In der Brust war es ihm so hohl, so leer, im
Kopfe voll und schwer wie mit Bley gefüllt. Hände und Füsse zitterten ihm. Das Herz flog hoch.
Er hatte das Licht auszulöschen vergessen. Es stand
unter einem großen Spiegel, der gerade über sein
Bette hing. Von ohngefähr erblickt er sein Gesicht
im Spiegel, sieht es todtenblaß, die Augen umne-
belt und starr, die Schläfe aufgeschwollen, die Au-
genbraunen zusammengezogen, die Nasenlöcher ohn-
gewöhnlich stark geöffnet und in starker Bewegung,
die Lippen blau und zitternd, die Oberlippe schief
in die Höhe gezogen, die Unterlippe gesenkt, die
Zähne auseinander — —

Lange starrt er sein Bild an, und kann sich
nicht entschließen ihm entgegen zu gehn. Endlich
springt er aus dem Bette, geht die ersten Schritte
schnell, dann langsamer, dann wankend drauf zu
und

und löscht das Licht aus. Aber das Bild bleibt ihm vor Augen, er fängt stärker an zu zittern, irrt lange herum ohne sein Bette zu finden, findt es endlich, und wirft sich mit einem ängstlichen Schrey hinein, das Gesicht in die Betten verhüllt.

Aber die Schreckbilder währen fort. Unter ihnen erscheint ihm auch seine gute Mutter weinend und betend, wie er sie oft und beym Abschiede noch gesehn. Nun entstürzt ihm ein Strohm von Thränen und er weint und heult laut. Es fällt ihm schwer aufs Herz, daß er die letzte Ermahnung seiner Mutter, stets Gott vor Augen zu haben, und fleißig zu ihm zu beten, ganz aus der Acht gelassen, daß er so lang er von ihr ist, noch keinen Abend und keinen Morgen gebetet. Unter tausend Thränen betet er laut sein gewöhnliches, auswendig gelerntes Abendgebet. Dabey denkt er sich sehr lebhaft ein Bild, daß zu Hause über seinem Bette zu hängen pflegte, die Mutter Maria mit dem Kindlein aufm Schooße vorstellend. Aber Maria sieht aus wie seine Mutter und das Kind wie Friedrike; es wird ihm nicht leichter; es tobt unaufhörlich in ihm fort, und der arme Junge wäre diesem schrecklichen Gemüthszustande, diesem plötzlichen Erwachen

L 5

der

der Leidenschaften, durch frühe Bekanntschaft mit
dem Laster geweckt, sicher erlegen, hätte ihn nicht
der anbrechende Tag und das Aufklinken an seiner
Thüre, durch die entstehende Signora einigermaßen
herausgerissen.

Diese hatte der Mutter alles gewonnene Geld,
und dem alten schlafenden Gulden alles was er
von der Konzerteinnahme bey sich hatte und noch
dabey sein eignes Reisegeld aus der Tasche genommen, und wollte im Vorbeygehen versuchen ob die
Thüre des Gulden offen wäre und ob da noch etwas
mitzunehmen sey. Heinrich hatte sich aber ein-
geschlossen und da gab sie sich denn weiter keine
Mühe. Indessen war dadurch bey Heinrich die
Furcht vor Diebe entstanden, und diese benahm seinem vorigen Schrecken die Gewalt. Einschlafen
konnt' er aber nicht, er stand auf und schrieb an seine Mutter, welches er auch bisher unterlassen hatte.

Kaum aber war die Sonne so hoch gestiegen,
daß auch in der engen Straße am hohen Giebel des
gegenüberstehenden Hauses ihre Ankunft zu sehen
war, so triebs ihn nach dem Garten zu seiner
Friedrike. Es war ihm aber heute so ängstlich, als
wenn

wenn er nicht gehn dürfte. „Vielleicht weint sie,
„vielleicht ist sie bös auf mich, vielleicht ist sie
„gar nicht einmal da, oder hat die Gartenthüre
„zugeschlossen." All das war ihm sonst gar nicht
zu Sinne gekommen, izt aber peinigte es ihn so
sehr, daß es ihm wirklich sehr viel Anstrengung
kostete hinunter zu gehen.

Lange stand er erst oben an der Treppe, dann
wieder unten an der Treppe, dann an der Gartenthüre, und zitterte und bebte für Angst. Endlich
wagt ers, tritt in den Garten und sieht das kleine liebe Mädchen da sitzen und weinen. Er wäre
für Schaam und Schmerz fast in die Kniee ge-
sunken. Kaum wird sie ihn aber gewahr, so
springt sie auf, läuft ihrem Bruder Heinrich wie
gewöhnlich mit herzlicher Freude entgegen, und
indem sie ihm recht freundlich zulacht, rollen noch
immer die hellen Thränen die Wangen hinab.
Wie sie aber seine Totenblässe, seine Angst sieht,
schwindet ihr Lächeln, und sie weint laut.

Heinrich wagte es nicht zu fragen, was ihr
fehlte, warum sie weinte; sein unruhiges Gewissen
klagte ihn als die Ursache davon an. Friedrike
ver-

vermocht es lange nicht ihm zu sagen, daß ihr
Vater gestern Abend sehr böß' auf die liederliche
Wirthschaft gewesen und geschworen habe, das lose
Gesindel den folgenden Morgen aus dem Hause
zu schaffen. Nun wußte sie zwar nicht recht, ob
er damit auch Gulden gemeint, und fing ihre
Unterredung mit der Frage an, ob Heinrich
gestern mit seinem Vater bey Signore Picciolo
oben gewesen? Da wards ihm gewiß, daß sie um
ihn weinte, und er erzählte ihr im bittenden Tone
die ganze Geschichte der gestrigen liederlichen
Wirthschaft.

Wie er dran kömmt, daß die eine Mamsel
ihm habe wollen zierlich und zärtlich küssen lehren, wird er über und über roth, wie mit Blut
begossen. Es that aber auf Friedriken eine ganz
andre Wirkung als ihm sein unruhiges Gewissen
prophezeihte: sie ward heiterer, ward begierig
nach der Kunst, und bat ihn, sie ihr auch zu lehren. Das Zierliche ward ihm schwerer als das
Zärtliche.

Auch die Geschichte vom Pfänderspiel that eine
ihm unerwartete Wirkung auf das kleine Mädchen.

chen. Es war als wenn ihr Heinrich wichtiger
dadurch ihr würde, als wenn sie nur unzufrie-
den war, daß sie nicht mit dabey gewesen. Bey
Spielen mit Kindern war das doch ganz anders
mit ihr gewesen.

Wie er aber seine Geschichte vollendet hatte,
schöpfte er aus ihrer Heiterkeit Muth, und fragte
warum sie erst so geweint, und kaum fängt sie
ihm an den schrecklichen Vorsätz des Vaters zu
entdecken, so geht oben der Lerm loß.

Der Wirth war früher aufgestanden, um die
lose Wirthschaft noch den Morgen loß zu werden,
hatte den alten Picciolo geweckt, und ihm ganz
kalt gesagt: da sein Haus doch einmal nicht so
recht bequem für liederliche Wirthschaft eingerichtet
wäre, so möchte er so gut seyn, die hier angefertig-
te Rechnung von zwey und vierzig Thalern zu bezahlen, und sich ein andres Logis zu erwählen.
Signore Picciolo hörte in dieser Anrede nichts als
das: liederliche Wirthschaft, und da er selbst nie
dagegen so recht in Eifer gerathen konnte, rief er
seiner Frau und Tochter, daß sie kämen, ihre Ehre
zu verfechten. Der Wirth meinte, er habe an
einer

einer genug. Und siehe da, es kam auch nur eine, denn die Tochter war nicht zu finden. Alles Suchen war vergeblich und das vermißte Geld aus der Mutter Tasche bestätigte bald ihre Flucht.

Nun ging die Alte mit Sturm auf den Signore Picciolo los, daß er sie gestern so gemißhandelt, und dieser wollte dem Wirth zu Leibe, daß sein Haus so unsicher sey. Der Wirth meinte aber, er hätte ihm seine Tochter nicht aufzuheben gegeben, sonst hätt' er sie in einer seiner eichenen Kleiderspinde verschloßen, wo sie keiner hätte beriechen sollen, vielweniger stehlen. Mitten im abscheulichsten Wüthen und Rasen der beyden Alten erinnerte er nur immer an seine zwey und vierzig Thaler. Die Alte versicherte ihm mit Zetergeschrey die Tochter hab' ihr all ihr Gold und Silbergeld mit genommen. Wird so viel nicht gewesen seyn, erwiederte der Wirth, sonst würde man wohl nicht seit acht Tagen die Lichte und das Leinöhl haben auf Borg holen lassen.

Das alte buklichte Weib schwur aber ihre Signora habe nur noch gestern Abend vierzig Louisd'or im Pharao gewonnen. So so, sagte der

der Wirth, von den jungen Herren? Die haben
sich nicht weit von meinem Hause geschlagen, sind
nach der Rathhauswache geführt! Ie nun den guten Leutchen wird auch die Zeit lang werden, die
wollen auch Gesellschaft haben, — Und so ging er,
die gefüllten und noch nicht bezahlten Bouteillen,
die von gestern Abend noch da standen, untern
Arm nehmend, sachte die Treppe hinunter, nahm
ganz gelassen seine Pudelmütze ab; und setzte seine
Knotenperücke auf, zog seinen bunt kalmanknen
Kascheking aus und zog seinen braunen Brüßler
kamlettenen Rock mit durchbrochnen meßingnen
Knöpfen an, nahm seine ledernen Waschhandschu
unterm Arm, sein spanisches Rohr mit elfenbeinernen Knopf, eine schwimmende Seejungfer vorstellend in die rechte Hand, seinen großen Hut in
die linke, und indem er sich von seiner Tochter die
schwarzen Tuchkamaschen abstäuben ließ, hustete er
dreymal auf, als sänn' er auf eine Anrede und dann
gieng er ganz langsam zum Herrn Bürgermeister,
bat sich die Wache aus und ließ den Signore Picciolo mit seinem ganzen Anhange zu den jungen
Herren in die Rathhauswache führen. Dem Signore Picciolo gab er an die jungen Herren die
Rechnung für den gestrigen Wein mit.

Für

Für Gulden intereßirte sich ein pohlnischer
Fürst, der seit zwey Tagen in dem Gasthofe logir-
te, und den Knaben hatte spielen hören. Er war
ein sehr großer Freund der Musik, hatte selbst eine
ansehnliche Kapelle, und schon war ihm der Gedanke eingekommen unsern Heinrich mit nach
Warschau zu nehmen.

Guldens Wuth über das gestohlne Geld war
unbeschreiblich. Das erste war, daß er den armen
Jungen bey den Haaren die Treppe hinaufschlepte
— das mußte Friedrike sehen — und ihn ganz
erbärmlich abprügelte, weil er ihn nicht geweckt,
nicht bewacht hatte. Seine Wuth verwandelte sich,
bey Ankunft der Wache, in Angst mit weggeschlept
zu werden. Sein und des Knabens Wehklagen
führte den pohlnischen Fürsten auf den Hausflur,
und bewog ihn zum Mitler.

Auch konnte Gulden das Seinige zur Befrie-
digung des Wirths beytragen, denn die vom Abt
erhaltene Dose und zwölf Dukaten hatte er in seinem Kasten wohl aufgehoben. Acht Dukaten
mußte er an den Wirth bezahlen. Da er nun aber
wehklagte wie er mit vier Dukaten nach Warschau
kom-

kommen sollte, erbot sich der Fürst seinen Knaben mit hinzunehmen: für den Alten habe er keinen Platz. Gulden erbot sich aber sogleich auf dem Bock zu sitzen, wenn der Fürst nur sein Heinchen in den Wagen nehmen wollte. Das ließ sich der Fürst gefallen, und es ward also bestimmt, daß sie morgen früh abreisen wollten.

Gulden fertigte nun den treuen Rothbart ab, gab ihm für die bisher treulich geleisteten Dienste den Schäcken, und sandte seiner Frau die Dose, und einen Dukaten. Mit dem Auftrage die Dose wohl aufzuheben. Erst aber zu allen Hohen und Niedern in der Stadt hinzugehen, die Dose zu präsentiren, und dabey zu erzählen, Heinrich habe sie mit hundert Dukaten gefüllt — es gingen kaum funfzig in die Dose — vom Könige von Pohlen bekommen: der König trüg' ihn sehr oft auf dem Arm und könnte sich gar nicht satt an ihm küssen. Von dem Dukaten sollte sie sich gute Tage pflegen, und es den Leuten sehen lassen.

Von Picciolo will ich nur noch dieses erwähnen, daß sich allerley neue Bubenstücke entdeckten, und er, nach einem langwierigen Proceß mit sei-

M   nem.

nem ganzen Anhange über die Gränze gebracht
wurde.

Die Tochter hatte sehr bald erfahren, daß ihr
Liebhaber, vermeinter Kaufmann aus Danzig,
ein religirter Student aus Königsberg war, und
die Wohnung in die er sie geführt ein öffentliches
liederliches Haus. Wie das erste so ganz entdeckt
war und sie ihm hart drum angieng, nahm er an einem Morgen all ihre Habseligkeiten zusammen und
überließ sie der Diskretion ihrer edlen Wirthin. Die
ihr mit vieler Großmuth versicherte, sie wollte ihr
so viel Gelegenheit als möglich verschaffen, ihre
Schuld für vierzehntägiges Logis und Zehrung
recht bald abzuverdienen, und dann hätte sie ja
die Freyheit, zu thun und zu lassen was sie wollte.

Wie sich aber Signora Picciola nach dem Schik-
sal ihrer Nebenschwestern, die sie nun nach und
nach kennen lernte, erkundigte, ergab sich, daß
die eben so angefangen, und in fünf bis sechs Jahren
noch nicht das Ende finden können.

Ich halte mich von der genauen Schilderung
dieses Hauses und seiner Wirthinn zurück. Ich
will

will aber doch die Anmerkung nicht verſchweigen,
daß ich in Romanen und Komödien und Gemähl
den faſt immer eine falſche Schilderung von Kup
lerinnen gefunden. Man mahlt die Weibſtücke
gemeinhin ſehr häßlich, ſehr böſe, Teufel und Höl
le im Geſicht. Das iſt aber gar nicht ſo in der
Natur. Ihre wohlbeleibte Geſtalt, ihr völlig
ruhiges Geſicht, ihre lächelnde jovialiſche Miene,
zeugt gemeinhin von einem völlig eingeſchläferten,
getödteten Gewiſſen, und ſo lange ihre Einnahme
gut bleibt — ſonſt iſts Hölle und Teufel — leben
ſie in einer ununterbrochnen Seelenruhe, die voll
kommner ſich auf dem Geſichte mahlt, als diejeni
ge, die durch ein gutes Gewiſſen, erzeugt wird,
weil man bey ihr auch keine Spur, von einer
Schildwache über ſich ſelbſt findet. Ich habe mir
daher ſchon oft gedacht, daß einem Menſchen, der
an den Materialismus glaubt, eine Kuplerin in
gutem Verdienſte, der beneidenswertheſte Stand
ſeyn müßte.

Der Abſchied zwiſchen unſerm Heinrich und
ſeiner Friedrike war ſehr traurig. Den Abend
über ſaſſen ſie ganz ſtumm ſich bey der Hand hal
tend im Garten, hatten Kopf und Herz ſo voll von

Din

Dingen, die sie sich alle noch sagen wollten, und
sagten sich nichts; weinten. Den andern Morgen
sahn sie sich noch einige Augenblicke im Garten,
und versprachen sich einander zu schreiben. Dann
gings fort. Im Wagen der Fürst, seine Maitresse
deren Kammerjungfer und Heinrich; draussen
aufm Kutschbock Gulden mit zwey Bediente, der
Kammerdiener zu Pferde vorauf, ein Jäger zu
Pferde neben dem Wagen. Und nun gings, ohne
daß ausserhalb dem Wagen etwas Merkwürdiges,
unsern Heinrich betreffend vorgefallen wäre, grade
nach Warschau. Was im Wagen — — — —
das mögen sich die Leser selbst denken.

Ich bin kein Freund vom Ausmahlen des La-
sters der Wollust; so wenig zur so genannten War-
nung und Heilung, als zur Ergözung. Ich ver-
achte alle die Schriftsteller von ganzem Herzen,
die ihre schöne Farben dazu verwenden, er sey
Dichter oder helfsüchtiger Schreyer. Von diesen
begreif ichs oft nicht, obs wirklich Unwissenheit in
der Geschichte, oder Blindheit fürs Vergangene
und Gegenwärtige, oder schwarze Galle, gereizt
durch fehlgeschlagene ehrgeizige Projeckte, gekränk-
ten Hochmuth und Eitelkeit, oder Prahlerey, Lie-

be

be zur Poesie, zur Gewohnheit gewordene wichtige enthusiastische Sprache, oder — was ich wohl am wenigsten vermuthe — eigenes Gefühl seiner Unwürdigkeit ist, was so viele Schriftsteller itzt, zu so erbärmlichen Geschrey über die Sittenlosigkeit unserer Zeit bewegt.

Wahrlich ihr voreiligen Schriftsteller, — meistentheils Prahler — ihr breitet durch eure auspoſaunte Helfſucht unter den beßern Menschen — oft tauſendmal beſſer als ihr, großmäuligen Helfer — tauſend Laſter aus, die dem größten Theil des Menschengeſchlechts ohne euch ſo gewiß unbekannt bleiben, wie ihr ihnen ſelbſt ohne eure Prahlerey unbekannt bleibet. Das iſts aber, was euch zum Schreiben peitſcht. Ihr wollt immer gern an allen Ecken geleſen ſeyn, wollt wenigſtens heute für mehr gehalten ſeyn, als ihr wirklich ſeyd: denn für die Zukunft raubt ihr euch dadurch auch noch das wenige Verdienſt ſo ihr wirklich habt.

Beſſert euch doch erſt ſelbſt aus allen euren Kräften. Glaubt mir, das Beyſpiel Eines moraliſch guten vollkommnen Mannes beſſert ehe tauſend Bewohner einer Stadt, ehe tauſend Schriftſteller die

über

über die Keuschheit schreiben, und den Huren
nachlaufen, einen einzigen Mitbürger beſſern.

Und was iſt wohl der wahre Grund, daß ihr
ſo genau aufs ganze Menſchengeſchlecht wirken
wollt, die ganze Welt beſſern wollt? wahrhaftig nur,
weil euch euer eignes Leben es unmöglich macht,
in dem kleinen Zirkel, in dem ihr lebt, etwas aus-
zurichten. Doch ich ſchweife zu weit aus. — —

Unterwegens hatte der Fürſt einigemal mit
Gulden davon geſprochen, er wolle Heinrichen
zu ſich nehmen, wolle ihn bey ſeinem Muſikdirek-
tor, der ein vortreflicher Mann und großer Künſtler ſey, weiter in der Muſik unterrichten laſſen,
ihn auch zu andern galanten Wiſſenſchaften anhalten.

Gulden hatte aber ſeine Rechnung ſchon gar
zu ſicher gemacht, wie er ſein Kapitälchen bis in
ſein ſpätes Alter nutzen wollte, und mochte ſich
darauf nicht einlaſſen. Zur Ausflucht nahm er,
ſein Heinchen müſſe erſt ein guter lutheriſcher
Chriſt werden, müſſe erſt eingeſegnet werden;
dann wollte er ihn dem Fürſten wieder nach War-
ſchau

schau hinbringen. Vergeblich wandte der Fürst hiewieder ein, sein Musikdirektor wär auch ein Lutheraner, und ein Mann, der viel auf Religion hielt.

Dieser Mann, der Musikdirektor des Fürsten, hat gar zu großen Antheil, an dem ganzen künftigen Leben unsers Heinrichs, als daß ich mich nicht bey ihm aufhalten sollte, und meine Leser mit ihm bekannt machen. Seinen Namen darf ich nicht nennen. Er lebt noch und will nicht genannt seyn. Ich will ihn Hermenfried nennen.

Hermenfried war von eilf Kindern der älteste Sohn eines wohlhabenden Kaufmanns in Dresden. Sein Vater ein Mann von sehr vieler gesunder Vernunft und edlem Herzen, ein Mann gesund an Leib und Seele, gab ihm eine vernünftige natürliche Erziehung.

Da die Mutter ihm bey der Geburt, mit süssem Lächeln den Knaben reichte, trat er mit ihm zum ofnen Fenster, blickte zum mondhellen, sternenhellen Himmel und sprach in seinem Herzen: „Ich danke dir Gott, daß ich Vater eines

M 4   „Men

„Menschen bin, laß ihn mir auch zum Men-
„schen erziehen!"

Er war fest entschlossen ihn nicht eher zu irgend einen Stand zu bestimmen, als bis sich in
dem Knaben die höhern Seelenkräfte entwickelten,
und er selbst im Stande wäre zu wählen. Bis
dahin ging sein ganzes Bemühen ihm einen
dauerhaften, festen Körper zu verschaffen, ihn
an Mäßigkeit und Folgsamkeit zu gewöhnen. Für
des Knaben übrige moralische Erziehung war er
weiter nicht besorgt, destomehr aber für sein eigenes Betragen, und das Betragen aller derer
die um den Knaben waren: denn er war fest
überzeugt, daß moralisch gute Erziehung nur durch
Beyspiel gelehrt werde.

Er hatte viel über Erziehung nachgedacht,
viel drüber gelesen, und erstaunte oft, sehr oft,
wenn er Dinge die die Dummheit, der Aberglaube,
die Gewohnheit fast allgemein und von je her als
unschuldige und nothwendige Mittel zur Erziehung ausgebreitet, wenn er diese als elende Miß-
bräuche, als schleichende Gifte, die die Gesundheit
Leibes und der Seelen zerstören, kennen lernte.
Und

Und je mehr er laß, je mehr er nachdachte, desto mehr wurde er überzeugt, daß die Menschen wohl alle, — nur in verschiedenen Graden — gut gebohren würden, und daß die ganze große Kunst der moralischen Erziehung nur darinn bestehe, das Kind, das herrliche Werk der Natur nicht zu verderben, zu zerstören: (Beßern dürften wir's wohl nur dann, wenn wirs schon verdorben haben) und ihm die wahre Veranlassungen zu seiner Entwickelung, die ihm Natur und Zustand der Welt darbieten, nicht zu rauben, und über alles nicht zu verrücken.

Die ganze Erziehung wäre also negativ?

Wem waren hier am Ende nicht zwey Worte im Wege? Zustand der Welt. Diesen müssen wir vor den Augen des Kindes, des Knaben, des Jünglings zu verbessern, oder vielmehr zu berichtigen, zurückzuführen suchen. Wir müssen so viel an uns ist, durch unser Beyspiel, durch das Beyspiel aller und allem was um ihn ist, Gelegenheit, Veranlassung, zu rechter Zeit auch Hindernisse und Schwierigkeiten darbieten, sich zum Guten zu entwickeln, auszubilden zu bestimmen.

M 5   Ich

Ich gesteh es gern, daß dieses uns in gegen,
wärtiger Welt unendlich schwerer werden muß,
als es uns izt ankömmt, den zwölften Theil unsers
Einkommens für die Erziehung unsers Knaben
hinzugeben. Wie leicht aber wird unsern Söh,
nen, die so zu guten Menschen gebildet werden,
die Erziehung ihrer Kinder werden! Erziehung
wird alsdann kein besonderes Geschäft mehr
seyn.

Jede Handlung des Vaters, der Mutter, der
Hausgenossen ist eine lebendige Lehre für den
Sohn.

Die mäßige, natürliche Nahrung der Eltern
sagt dem Kinde am nachdrücklichsten: so mußt du le,
ben, macht's ihm zur Gewohnheit, zur Nothwen,
digkeit, so zu leben. Die Gesundheit der Eltern, seine
eigene Gesundheit zeigt ihm am nachdrücklichsten
die gute Folge der Mäßigkeit, sagt ihm am nach,
drücklichsten: du mußt mäßig leben um gesund
zu bleiben.

Die Beschäftigung der Eltern, die immer ei,
nen guten nützlichen Endzweck hat, sagt ihm am
nach,

nachdrücklichsten: du mußt dich nützlich beschäf-
tigen, mußt arbeiten.

Das Geld so der Vater dadurch gewinnt, und
wofür Nahrungsmittel und Kleidung und Vergnügungen verschaft werden, sagt ihm am nachdrücklichsten: wenn du arbeitest hast du Brod
und Kleidung und Vergnügen.

Die Vergnügungen der Eltern, die immer
auf Gesundheit und Aufheiterung abzielen, und
also größtentheils in Leibesbewegungen und fröh-
lichen Genuß der Natur bestehn, die reuelose
Fröhlichkeit mit der sie wieder von solchem Vergnügen an ihr Geschäft gehn, sagen ihm am
nachdrücklichsten: du mußt solche Vergnügungen wählen die dich stärken, aufheitern und
zu neuer Arbeit fähig machen.

Die Liebe, die Gefälligkeit, die Dienstfertig-
keit, die die Eltern gegen ihre Nebenmenschen be-
zeugen, und die Liebe und Dankbarkeit mit der
andere den Eltern wieder zugethan sind, sagen ihm
am nachdrücklichsten: du mußt deinen Nebenmenschen

menschen lieben und ihnen dienen; damit sie
dich wieder lieben und dir helfen.

Die himmlische Heiterkeit im Auge der Eltern
nach vollbrachter guter That im Verborgnen, sagt
ihm am nachdrücklichsten: du mußt im Stillen
gutes thun, wenn du die höchste, reinste aller
Belohnungen dafür einernoten willst

Die Achtung die jeder gute Mensch dem Vater und der Mutter ihrer Mäßigkeit, ihrer Ar-
beitsamkeit, ihrer Heiterkeit, Menschenfreundlich-
keit, reinen Tugend wegen bezeigt; die Zufriedenheit, in der Eltern mit dem von Gott erhaltenen,
und durch ihren Fleiß erworbenen Leben; die Ruhe der Seelen und das zuversichtliche Vertrauen
auf Gott, mit dem die Eltern in trüben Tagen
ihre Zuflucht zu ihm dem allgütigen, liebevollen
Vater nehmen; die Heiterkeit und Beruhigung
mit der sie von jedem herzlichen Gebete sich erheben; die sagen dem Kinde am nachdrücklichsten:
du mußt Gott vertrauen und ihn von Herzen lieben, Gott dem guten Vater, der keines
seiner Kinder verläßt, du mußt zufrieden seyn,
mit dem was er dir giebt, er giebt dir alles
aus

aus der Fülle seiner Gnade, du mußt deinen Nebenmenschen lieben, ihm dienen, mußt heiter, arbeitsam, mäßig, gut seyn um mit dem Beyfalle Gottes, mit deinem eigenen Beyfall, mit dem Beyfall der Guten — glücklich zu leben.

Ich kann mir für alle Stände kein anderes Mittel denken, dem Kinde zu lehren wie dauerhafter und wahrer Wohlstand nur durch Fleiß und Mäßigkeit erlangt und erhalten wird, und wie man glücklich lebt, als das Beyspiel der Eltern und derer die um ihm sind.

Man lehrt izt sehr weise: die Großen und Reichen sollen alles ersinnliche thun ihren Kindern zu verbergen, daß sie gebohrne Herren sind.

So lange Große und Reiche ihre größte Ehre, ihr größtes Verdienst darinnen setzen, groß (hochgebohrn) und reich zu seyn, so lange wirds Großmütter, Eltern, Verwandte, Freunde, Bekannte, Fremde, Bediente und Hausgenossen geben, die alle ihre eitlen, schmeichlerischen Künste an

anwenden werden, es dem jungen Herrn recht
fest einzuprägen, daß er ein geborner Herr sey.

Und das Vorsagen ist noch lange nicht das
ärgste dabey. Der hochgebohrne Junge muß
noch oft einen rufen, der ihn auf den Nachtstuhl
hebt, und hernach noch die engen Hosen zuknöpft.
Dies allein würde allen Lobreden, von denen der
hochadliche Junge doch nichts versteht, als den
Katzenbuckel des Redners, sein verzerrtes Gesicht
und den Handkuß zum Eingang und Schluß der
Rede, völlig das Gleichgewicht halten. Daß er
aber jenem, der ihm dient, der ihm nothwendig
ist, rufen kann, befehlen kann, ihm zum Dank
für die zugeknöpften Hosen auch wohl ins Gesicht
schlagen kann, wenn die Hosen ihn drücken, mit
einem Worte, daß der Junge in allen Dingen
wie ein Herr gehalten wird, nicht wie ein Kind,
wie ein hülfloses Kind; daß die, die ihm helfen,
nicht seine Freunde, seine Wohlthäter sind, sondern seine Sklaven, das erklärt's ihm ganz deutlich: er sey Herr gebohren.

Ferner: **Reiche und vornehme Eltern sollen ihren Kindern alle Aussichten von Reich-**
thümern

thümern und vom höhern Stande verborgen halten.

Wie ist das möglich, so lange die Eltern in der üppigsten Verschwendung leben, und die Kinder an allen, was die Eltern haben, genießen, Antheil nehmen? so lange ihnen alles gegeben wird, wonach sie verlangen? so lange man dem Kinde dieselbe Ehrerbietung bezeigt, als den Eltern? so lange Eltern, auch darinnen, daß dieses geschähe, ihr eigenes Ansehen suchen?

Können sie's ihm nicht länger vorenthalten, so sollen sie ihm begreiflich machen, wie leicht ein ererbtes Glück zu nichts werden kann.

Wenn nicht glücklicherweise fürs Kind eine Feuersbrunst des Vaters Haus und Hof verzehrt, so weiß ich nicht, wie das Kind auch dieses fassen soll. Es sieht seine Eltern stets unbeschäftigt, stets Hände voll Geld leer werden. Das Kind wird aus dem ersten Umstande bald abnehmen, daß es dem Vater alles zugefallen sey, ob von Gott, vom Teufel oder vom Grosvater, das ist für ihn gleich.

gleich. Dann siehts, daß alle Tage Gold weggeworfen wird, und daß es den andern Tag doch
immer wieder eben so gut geht, als den vorigen.
Weiter sieht ein Kind nicht.

Eben diese stete Verschwendung der Eltern bey
stetem Müßiggange und steter Unordnung machts
auch dem Kinde unmöglich zu begreifen, daß nur
Ordnung und Weisheit, Sparsamkeit und Fleiß
einen dauerhaften und wahren Wohlstand hervor-
bringen und erhalten könne.

Ein Mittel wäre nur noch, wie das Kind aus
dem schlechtesten Beyspiele der Eltern einen vor-
treflichen Unterricht für sich ziehen könnte. Der
Vater müßte dem Kinde alle die Sorgen, alle die
mühsamen, und oft niederträchtigen Wege, die er,
ohngeachtet seines Reichthums einschlagen muß,
um immer hinlängliches Geld für seine Verschwendung, und die Verschwendung seines Weibes her-
beyzuschaffen, sehen und anhören lassen; er müßte
ihm sehen lassen, wieviel Ränke und List es ihm
kostet, sich ohnerachtet seiner hohen Geburt in Ansehen und Ehren zu erhalten.

Das

Das wär' ein Mittel, dem Kinde, das ohnerachtet aller Mühe, die man sich gegeben, es zu verderben, doch noch genug natürlicher Mensch ist, um auf der grünen, blumigten Aue, unterm blauen, hellen Himmel, in freyer, heitrer Luft, an dem leichten Spiel tausendfärbiger Schmetterlinge mehr Vergnügen zu finden, als bey goldnen Wänden, im dampfenden Saal an dem steifen Puterhanentritt hochfrisirter, goldgeschmückter Narren, diesem Kinde all die mit Gold und Seelenruh' erkaufte Thorheiten verächtlich zu machen.

Wo giebts nun aber Eltern, reiche und große Eltern, die vernünftig genug sind, ihrem Kinde die mäßige, natürliche Erziehung des vernünftigen Landmanns zu geben? Wo thörichte Eltern, die bey der unsinnigen, albernen Erziehung, die sie ihren Kindern geben, Selbstverläugnung genug hätten, dem Kinde ihre Thorheiten aufzudecken?

Weil kein vernünftiger Mensch so leicht hoffen darf, daß Eltern, und am wenigsten reiche und vornehme Eltern, die Erziehung bey sich selbst anfangen werden, so räth man jetzt fleißig eine gänzliche Entfernung vom väterlichen Hause, als

N   das

das wirksamste Mittel an, den Kindern ihren
Stand, ihr Vermögen verborgen zu halten.

Es ist hart, das härtste, was ein Mensch sich
denken kann, seiner Kinder, seines erneuten, ver-
jüngten Selbsts beraubt zu werden! Nicht sehen
sollen, wie das herrlichste Geschöpf Gottes wächst,
zunimmt, reift, nicht all Augenblick fühlen sollen,
wie dieser körperlich abgesonderte Theil meiner
Selbst durch weit stärkere Bande, als alle Bande von Sehnen und Haut mit mir verbunden,
mit meinem Herzen unzertrennlich verwandt ist;
nicht all augenblicklich fühlen sollen, wie diese
Bande mit jedem Augenblick fester zugezogen werden; nicht fühlen sollen, wie diese zarte Pflanze,
die ohne meine Pflege, ohne meine Wartung, ohne meinen Schutz nicht wachsen, nicht reifen könnte, von mir gepflegt, von mir gewartet, von mir
beschützt wird; nicht sehen sollen, wie diese von
mir gepflegte, gewartete, beschützte Pflanze ein
herrliches Gewächs wird, das liebliche Blüthe,
süße, nährende Früchte trägt; diese Früchte nicht
selbst genießen sollen; den nicht zum Freunde meiner Seelen haben, den mir die Natur zum Freunde bestimmte; dem nicht der erste Freund seines
Her-

Herzens seyn, dem mich die Natur zum Freunde bestimmte; von ihm nicht hoffen, nicht erwarten dürfen, daß er auch einst mein Pfleger, mein Warter, mein Beschützer werde! —

Es ist hart, das härtste, so ein Mensch sich denken kann!

Aber sie verdienen es, die verächtlichen, elenden Geschöpfe, die die Menschheit in sich getödtet, die sich aus den heilsamsten Dingen der Natur Gifte bereiten, mit denen sie sich vorsetzlich berauschen, vorsetzlich ihr schielendes Auge umnebeln, daß es nicht sehe die Herrlichkeit Gottes, nicht sehe die entzückend schöne Natur, die edle Menschheit! —

Ja, sie verdienen es, die elenden, verächtlichen Geschöpfe, daß man ihnen ihre Kinder entreiße, damit diese glücklicher werden, damit nicht auch die Welt den Antheil an ihnen verliere, den sie an ihnen haben soll.

Hermenfrieds Vater erkannte und fühlte ganz die Pflicht und den Vorzug der häuslichen

N 2
Er

Erziehung, und fand unaussprechliches Vergnügen in der Erfüllung dieser reizenden Pflicht. Er war mit seinem Weibe — ein natürlich gutes, unverdorbenes Geschöpf — völlig eins. Er hatte alles, was er bey seinen Kindern beobachtet wissen wollte, in sehr wenigen Regeln genau bestimmt, und da diese von seinem Weibe, und nach deren Beyspiel von den Hausgenossen genau, oder doch die meiste Zeit erfüllt wurden, so hörte man ihn nie über Beschwerlichkeit der Erziehung oder Stöhrung in seinen Geschäften klagen. Jene Regeln betrafen auch blos körperliche Abhärtung und Gehorsam. Das übrige überließ er dem guten Beyspiel derer, die um die Kinder waren, und der Bildung der Kinder untereinander.

In der wissenschaftlichen Erziehung war er auf keine Weise voreilig. Was die Kinder bis in ihr achtes Jahr in Spielen, in Spaziergängen, im Garten, aufm Felde durch Fragen und Erzählungen lernten, war ihm genug.

Er hatte, eh er ein Weib nahm, reiflich über die Pflichten des Vaters nachgedacht, und nahm daher einige Jahre vor seiner Verheyrathung einen armen

armen Burschen zu sich, bey dem er Fähigkeit
und Liebe zu den Wissenschaften fand, und er,
zog ihn zum Erzieher seiner Kinder, die er von
seiner mäßigen, ordentlichen Jugend und der Ge,
sundheit seines künftigen Weibes wohl erwarten
durfte. Er erzog ihn völlig so, wie er wünschte,
daß seine Kinder einst würden. In den Wissen,
schaften hielt er ihn vorzüglich zu Sprachen, zur
Naturlehre, Geschichte, Erdbeschreibung und Ma,
thematik, nebenher zur Musik und zum Zeichnen an.

Seine Mühe und Kosten wurden ihm bald
belohnt. Der junge Mann nahm sich mit Liebe
und Eifer der Erziehung seiner Kinder an, und
machte sich dadurch verdient genug, von seinem
bisherigen Pflegevater als Sohn und Miterbe
angenommen zu werden.

Von diesem erhielten die Kinder bis in ihr
zwölftes Jahr die vorläufige für alle Stände
nützliche, wesentliche, wissenschaftliche Erziehung.
Der Vater und die Mutter nahmen vorzüglich
Antheil an dem Unterricht in der christlichen Re,
ligion. Auch bey andern Dingen trugen sie nicht
wenig zum guten Fortgange dadurch bey, daß sie

in

in ihren müßigen Stunden ernstlichen Antheil an
dem Unterrichte der Kinder nahmen, der größtentheils im Garten oder auf dem Felde ertheilt
wurde. Oder auch durch aufmunternde Anreden
und Erzählungen von dem Vortheil und der Annehmlichkeit der Wissenschaften. Zum Beispiel
will ich herschreiben, was der Vater einst den
Kindern über den Gesang sagte, um ihnen die
Singestunde, an die sie nicht recht glauben wollten, wichtig zu machen. Man wird daraus auch
sehen, wie der gute Vater jede Gelegenheit, jede
Rührung der Kinder nützte, um ihr sittliches Gefühl zu bilden.

„Kinder! wie ist euch zu Muthe, wenn ihr
„in einer großen, andächtigen Versammlung ein
„schönes, geistliches Lied mit hundert Kehlen sin-
„gen hört? Ich fühle mich dabey immer von
„den süßesten Gefühlen durchdrungen. Und wenn
„die Versammlung es recht andächtig, mit rei-
„ner, gedämpfter Stimme singt, kann ichs nie
„ohne Thränen anhören. Kinder, wenn ihr mich
„dabey ansehen wolltet, ihr würdet gewahr wer-
„den, daß ich viele Verse vor Wehmuth nicht
„mitsingen kann. Und sing' ich in dieser Em-
„pfin-

pfindung: Jesus meine Zuversicht! so fühl'
„ich die Wahrheit davon weit stärker, weit inni=
„ger, als wenn ichs blos sage.

„Kinder! wenn ihr an einem schönen, heitern
„Tage aus eurer Kammer in den Garten, oder
„aufs Feld kommt, warum brecht ihr da oft, oh=
„ne daß ihrs euch eben vornehmt, in laute Töne,
„in Gesänge der Freude aus? Und wenn ihr so
„eine Weile fortsingt, fühlt ihr da nicht, daß ihr
„heiterer, frölicher werdet? O, mir füllts die
„Seele mit heitrer, reiner Freude, mit Entzü=
„cken, wenn ich durchdrungen von dem Anblick
„der herrlichen Sonne, die so wohlthätig die
„Felder und Wiesen und Wälder bescheint, daß
„sie wachsen und blühen und Frucht tragen, die
„so herrlich alles beleuchtet, daß wir sehen und
„genießen können die schönen und großen Werke
„Gottes, die schöne Erde mit all ihren Bewoh=
„nern, und all ihrer tausendfältigen Seegen, den
„schönen Himmel mit all seinen unzähligen Ster=
„nen — wenn ich von diesem herrlichen An=
„blick durchdrungen in frölichen, dankbaren Ge=
„sang ausbreche! — Kinder! dann steigt meine
„Freude, mein Entzücken aufs höchste. Das kann

N 4   „der

„der Mensch durch keine Sprache ausdrücken,
„was ich dann singend fühle!

„Kinder! habt ihr wohl schon einen trauri-
„gen, recht tief betrübten Menschen, singen hören?
„Wenn ihrs izt einmal hört, so gebt nur Achtung,
„wie er in den traurigsten Tönen, mit dumpfer, kla-
„gender Stimme anfängt, nach und nach sanfter,
„ruhiger wird, und mit hellerer tröstender Stim-
„me endigt. Kinder, lieben Kinder! ich hatte eine
„herzlich gute liebe Mutter, es war eine vortref-
„liche Frau, die oft, sehr oft auf ihren Knien zu
„Gott betete, daß er ihr Kraft und Weisheit ge-
„ben wolle, ihre Kinder zu nützlichen, glücklichen
„Menschen zu erziehen, die mich innigst liebte, die
„ich nie — — ach Kinder, Thränen, heiße
„Thränen hemmen meine Worte bey jedem Ge-
„danken an ihr! — Vor zehn Jahren verlor ich
„sie, es war eine schreckliche traurige Nacht! ich
„konnte für Betrübnis nicht reden, nicht weinen.
„Immer sah ich sie vor mir: bald wie sie Liebe-
„voll mit uns im Felde, im Walde wandelte,
„und uns auf jede Schönheit der Natur aufmerk-
„sam machte, uns in jedem Blümchen, in jedem
„Würmchen die Herrlichkeit und Güte Gottes
„an-

„anschaulicher machte. Und wie sie dann oft mit
„Entzücken ihr Auge zum Himmel erhob, daß
„wir die Gegenwart Gottes in ihren Augen la-
„sen und mit ihr frohe hofnungsvolle Blicke in
„die seelige Ewigkeit thaten. Und wie wir dann
„die Wahrheit ihrer Worte tief fühlten, wenn sie
„so, nach langem Schweigen mit seeligem Ent-
„zücken, den Himmel im Auge ausbrach: Kinder,
„lieben Kinder nur Bewußt seyn seiner Un-
„schuld macht glücklich! wissen, daß man
„sich mit ganzer Seele bestrebte Gott, den
„guten liebevollen Vater recht zu kennen,
„ihn dankbarlichst zu lieben, daß man sich
„bestrebte seine Pflicht zu kennen, zu lieben,
„auszuüben, das allein macht glücklich! —"

„So sah ich sie immer vor mir. Ich konn-
„te in meinem Hause, wo sie starb, nicht aus-
„dauern: bey Anbruch des Tages ging ich aufs
„Feld, wo ich sonst an ihrer Seite wandelte. —
„Es war der lezte Tag im Jahr. — Ich sah
„alle Wiesen, alle Felder mit Schnee bedeckt
„alle Bäume erstorben, und fühlte tiefer meinen
„Verlust. Ich konnte nicht reden, nicht weinen.
„Ohne daß ich drauf merkte nahm ich meinen

N 5   „Weg

„Weg nach dem nächsten Dorf zu einem alten
„Schäfer, den wir sonst oft zusammen besuchten."

„ Ich war schon im Hause, da ich erst auf
„meinen Weg zu merken anfing, wollte umkeh-
„ren, die Alten ließen mich aber nicht. Auch
„die Knaben aus dem Hause und von den Nach-
„barn umringten mich und verlangten, ich sollte
„mich, mit einem Liede so ihnen der Schulmei-
„ster zum morgenden Neujahrstage gelehrt, zum
„Neuenjahr ansingen lassen. So wenig Antheil
„ich auch an ihrer Freude nehmen konnte, so ver-
„mocht' ich doch nicht sie darinnen zu stören.
„Ich setzte mich stillschweigend hin, und sie ord-
„neten sich um mich herum.

„Während dessen blickte ich in ein geschriebe-
„nes Liederbuch, wo das Lied was sie eben an-
„stimmen wollten, aufgeschlagen war. Ich laß
„es ohne zu wissen, was ich laß. Ich laß es noch
„einmal, verstand wohl die Worte, fühlte aber
„nichts dabey, die letzte Strophe erinnere ich mich
„noch. Sie hieß:

„Drum

„Drum sey o Mensch mit deinem Gott
                        zufrieden
„Wenn er gleich Trauertage schickt:
„Er hat dir schon die Stund beschieden
„Da dir die Freudensonne blickt.

„Die Knaben sangen über alle Erwartung rein
„und angenehm. Ich fühlte mich wirklich gerührt.
„Was mich erst so schwer drückte, so ängstlich preß-
„te, fing sich an in mir zu bewegen. Ich fühlte
„Wehmuth: hieß sie noch einmal singen, und fühl-
„te Thränen mein Auge füllen, dann sanft die
„Backen hinab rollen, und da das Lied zum andern-
„mal zu Ende war, fing ich selbst die letzte Stro-
„phe noch einmal an und alle stimmten, fröhlich
„über meinen Antheil mit hellerer Stimme mit
„an. Nie werd' ich den Augenblick vergessen!

„Nun konnt' ich den guten alten Leuten, die
„mich erst vergeblich über meine Traurigkeit befragt,
„mein Unglück erzählen, und in ihren Thränen
„Erleichterung finden. Nun konnt' ich beym Rück-
„wege in meinem Herzen mir zuruffen: ich werde
„diese erstorbenen Felder und Wiesen wieder blü-
                                    „hen,

„hen sehn: ich werde sie wiedersehn die Theure,
„die innigst Geliebte. —

.„Seht Kinder solche Gewalt hat der Gesang
„über das menschliche Herz."

Hermenfried hatte von seinem siebenten Jahre
an ausserordentliche Neigung zur Musik gezeigt,
und spielte in seinem neunten Jahre, mit sehr geringer Anweisung meistens aus eigenem Betrieb und
Fleiß recht artig auf dem Klavier. Den Eltern
machte das viel Vergnügen. Beym Knaben nahm
die Neigung immer mehr zu; er fing an Spiele
und Spaziergänge übers Klavierspielen zu ver-
säumen.

Der Vater befürchtete es stecke Eitelkeit dahin-
ter: denn die Mutter ließ ihn, wenn Besuch kam,
oft spielen, und da fehlt' es dann nicht an Lob.
Nun aber haßte der Vater keinen Fehler in der
Erziehung mehr als die leidige Eitelkeit, die uns so
alles für andere, für den Schein thun läßt, nichts
für uns selbst, für die Sache selbst; und bat daher
den Lehrer, seinem Pflegesohn, dem Knaben solche
schwere Stücke zu geben mit denen er nicht so

ganz

ganz fertig würde, um sich damit zu produziren, die auch nicht so viel Reiz für die Weiber hätten. Das geschah; er gab ihm keine andere Stücke als die schwerste von Sebastian Bach und Händel.

Dies Hinderniß aber, so den Knaben abschrecken sollte, war ihm Veranlassung zur Entwickelung. Nun fiel er ganz drauf, ließ nicht Nacht nicht Tag ab, bis er des schwersten Stücks Meister war.

Der Vater verabredete mit der Mutter ihn nie spielen zu lassen wenn Fremde da wären. Der Knabe fuhr aber, ohne darauf zu merken mit unermüdetem Eifer fort. Alles übrige wozu er angehalten wurde, machte er schnell über die Hand weg, um nur wieder zum Klavier zu kommen. Er fing auch an für sich zu componiren, ohne irgend einem das geringste davon zu sagen, oder zu zeigen. Eine Sonate, wie er sie überschrieben, — es war mehr freye Phantasie — die der Lehrer einmal unter dem Kopfküssen des Knaben liegen fand, verrieth ihn. Sie hatte alle Fehler der Harmonie und des Rythmus, auch der musikalischen Orthographie, aber im Gesange waren keine geborgten Gedanken, oder nachgeahmte Schönheiten:
es

es war wirklich eigene Fantasie, eignes Gefühl
brinnen.

Darüber sprach der Lehrer ernstlich mit dem
Vater. Nach einiger Ueberlegung sagte dieser:
„Ich bins sehr zufrieden, daß er Tonkünstler wer-
„de, wenn sie glauben, daß er kein gewöhnlicher
„Handlanger in der Kunst bleiben, sondern ein
„wahrer Künstler werden wird. Wir haben aber
„vielleicht darinnen gefehlt, daß wir ihm zu zeitig
„mit dem Klaviere beschäftigt, zuerst im Klavier
„einigen Unterricht gegeben, eh' er noch für andre
„Wissenschaften konnte Liebe gewonnen haben. Laß
„sen sie uns eine Probe machen. Ich will ihm
„meinen Unwillen über seine Vernachläßigung an-
„drer Wissenschaften zeigen, und ihm das Klavier-
„spielen ganz untersagen, ihm sein Klavier fort-
„nehmen. Dann wollen wir ihn mit allen Kün-
„sten der Anlockung zum Zeichnen hinziehen. Zeigt
„sichs, daß ihm dieses den Verlust nicht ersetzt,
„daß er auszeichnendes Genie für Musik hat,
„wohl, so mag er Musiker werden. Damit aber
„auf den Fall, daß dieses das Ende ist, nichts ver-
„säumt werde, wollen wir ihn während der Zeit
„unter den übrigen Wissenschaften vorzüglich zur
„Mathematik anhalten.“

Der

Der Knabe war nur zwölf Jahr alt, und spielte die schwersten Klaviersachen von Sebastian
Bach und von Händel: wollte auch nichts anders
mehr spielen. Seine eignen, in geheim komponirte Sachen, spielte er auch nur in seinem verschloß-
nen Zimmer, kein Zureden konnt' ihn bewegen sie
einem andern vorzuspielen. Eben saß er am Klavier da der Vater zu ihm ins Zimmer trat. Der
Lehrer war mit den andern Kindern spazieren gegangen.

Vater. Du hier, lieber Franz? Warum bist
du nicht mit den andern aufm Felde?

Franz. Lieber Vater, das Klavierspielen macht
mir mehr Vergnügen: ich habe da eben eine neue
Bachische Fuge bekommen.

Vater. (Nach einer kleinen Pause, während
dessen der Junge ungeduldig vom Vater zum Klavier, und wieder zum Vater geht, als wollt er gern
allein seyn.) Hör nur, lieber Junge, ich muß dir
etwas sagen, was dich kränken wird. Es thut mir
wahrlich leid, aber ich muß es dir sagen. Du ver-
säumst über das Klavierspielen allen andern Unterricht, selbst deine Gesundheit. Deine Ausarbeitungen

tungen im Schreiben, Rechnen, in der Mathematik sind höchst flüchtig und unvollkommen, und wann die andern ordentliche Spaziergänge machen, sitzest du beym Klavier oder beym Notenpult, und dann läufst du wieder, um das einzuhohlen, allein und Spornstreichs nach dem Plauenschen Grunde. Du treibst das, was dir zum Vergnügen vergönnt wurde, zum Nachtheil des nützlichern, von dem du einmal wirst leben müssen. Oder glaubst du wohl von dem Klavier künftig dein Brodt zu haben?

Franz. Wie so, lieber Vater?

Vater. Ja, mein Lieber, die Zeit kommt heran, da du dich zu irgend einem Gewerbe bestimmen mußt, um deinen Beschäftigungen eine gewisse bestimmte Richtung zu geben.

Franz. Die Musik kann mir doch niemals schaden.

Vater. Nein, das nicht, wenn du sie mäßig treibst, ihr nicht mehr Zeit widmest, als dir ernsthaftere Studien übrig lassen. Oder du müßtest dich ihr ganz widmen, müßtest Musiker werden wollen.

Franz. Lieber Vater — wirklich — nein, daran hab' ich noch nicht gedacht.

Das

Vater. Nun dann, mein Lieber, dann mußt du izt das Klavierspielen ganz lassen. Du kenn'st deinen Fehler, daß du dich in nichts so leicht mäßigen kannst; aber wohl, wenn du's dir ernstlich vorsetzest, es ganz unterlassen kannst. Du weißt wie oft du selbst bey Spielen und bey Speisen und Getränken diese Bemerkung bestätiget hast: also laß das Klavier nun ganz.

Franz. (Den Vater heftig bey der Hand ergreifend und das Klavier mit Sehnsucht anblickend) lieber Vater! (die Thränen steigen ihm in die Augen.)

Vater. Glaub mir, lieber Junge, es ist mir so schwer geworden, dir das zu sagen, aber ich mußte.

Franz. (Starr das Klavier anblickend und die Hand des Vaters kalt haltend als wollt' er sie gehn lassen.)

Vater. Komm in den Garten, Lieber! deine Mutter weinte erst drüber, daß sie dich so wenig zu sehen bekömmt, daß du mehr am Klavier als an uns hängst.

O   Franz.

Franz. (Ergreift wieder die ganze Hand des Vaters, drückt sie mit beyden Händen und geht. willig mit.)

Nun wurd' ihm das Klavier ganz genommen. Alle Versuche ihm das Zeichnen eben so angenehm zu machen mißlangen: er triebs wie alles übrige, weil die Eltern Freude dran hatten. Auf einmal ergrif er aber die Mathematik mit Eifer. Er hatte einst von einem Mathematiker gehört, der ohne die Musik erlernt zu haben, musikalische Stücke komponirte. Das fiel ihm einmal in der Nacht ein: er sprang auf, nahm das mathematische Lehrbuch vor sich, als wollt er die Nacht noch die ganze Wissenschaft verschlingen, und seit der Zeit trieb ers mit großem Eifer.

Einen Morgen kommt er zum Vater, und bittet ihn inständigst, er möcht' ihm doch oben eine kleine Dachstube, die voll altem Hausgeräth lag, für ihn allein geben, um so ganz ungestört studiren zu können: er wollt' all die Sachen die da lägen auf eine Seite räumen und sich mit der andern Seite behelfen. Der Vater gab ihm das zu, ohn' einen Augenblick die Absicht des Knaben zu ahnden.

Es

Es lag aber in dieser Kammer ein alter Klavierkasten, dem der Resonanzboden viele Tasten, und alle Saiten fehlten. Diesen fing der Knabe an des Nachts, wenn alles schlief, in Stand zu setzen, und brachte es in einigen Monathen dahin, daß er, so schlecht es auch klang, drauf spielen konnte. Das war eine Freude!

Seine blasse Gesichtsfarbe verrieth bald sein nächtliches Aufsitzen, und der Vater beschloß ihn einmal in der Nacht zu überraschen. Das geschah, und er fand ihn am Klavier sitzen, das am Tage unter dem Bette zu stehn pflegte. Ein ganz unerwarteter Anblick für den Vater. Er stand in sehr gemischter Empfindung da, verbarg seinen auflodernden Unwillen über den, der ihm heimlich mit einem Klavier versehen, und fragte den stumm und starr da sitzenden Knaben, von wem er das Klavier habe? der Knabe erzählt treu die Geschichte und nun der Vater das mit unbeschreiblicher Mühe und vieler Klugheit zusammengeflickte Instrument siehet, kann er seine Freude nicht bergen, er fällt dem Knaben um den Hals und sagt: du hast gewählt? es sey.

Nun

Nun wurde Musik ernstliches Studium des Knaben: Er bekam gründlichen Unterricht im Generalbaß und Singen, ging dabey täglich zwey Stunden zu einem großen Meister — auch diesen darf ich nicht nennen — der ihn mit den Werken der besten alten und neuern Komponisten bekannt machte, ihn auf den Charakter des Werks, auf die Anordnung im Ganzen und auf die besondern Schönheiten aufmerksam machte. Gelegentlich auch bey den Beyspielen die Regeln, ihre Entstehung und Einschränkung berührte, dabey seine Lektüre über die Geschichte der Musik leitete, und dann zuletzt die beste theoretische Anleitung zur Musik mit ihm durchging.

Dann ließ er ihn eigene Ausarbeitungen machen, bey denen er sich an keine gewisse Form binden mußte, sondern seiner eignen Fantasie und Empfindung folgen. Diese korregirte er ihm nicht so gewöhnlicherweise mit ausstreichen und hineinschreiben, sondern sie sprachen darüber und das hatte dann Einfluß auf künftige Arbeiten. Er schrieb viel und mit großer Leichtigkeit, ließ aber sehr wenig an andre sehen und hören.

Da=

Dabey vernachläßigte er die übrigen Wissenschaften nicht, die er itzt aus eignem Antriebe mit
mehrerm Antheil betrieb. In die Stelle der latei-
nischen Sprache, in der er seinen Virgil ganz gut
laß, trat nun die italiänische Sprache. Diese wurde ihm desto nothwendiger, da er sich sehr zur
Singekomposition hinneigte. Auch lag ihm die
Poesie sehr am Herzen. Dichter waren seine liebste Lektüre. Und oft begeisterte ihn die Muse selbst.
Wer war wohl seine Muse?

Der Vater hatte ein wöchentliches sehr wohl
besetztes Konzert veranstaltet, worinnen die besten
musikalischen Stücke zur Bildung des Sohnes aufgeführt wurden: dieser nahm selbst viel Antheil
dran und dirigirte bald manches Stück selbst. Es
wurden Stücke von sehr verschiedenen Zeiten, verschiedenen Geschmacks und Werths neben einander
aufgeführt. Dieses Konzert wurde abwechselnd in
des Vaters Hause und in dem Hause eines alten
Freundes gehalten. Der hatte eine Tochter, die
auch außerordentliches Genie zur Musik hatte, sehr
gut das Klavier spielte und nach Unterricht im Singen von unserm Hermenfried gar sehr verlangte.

O 3 Gerne

Gerne verrieth ichs Ihnen, meine Schönen,
wie ein Jüngling, edel, empfindsam und gut, seinem reizenden, zärtlichen Mädchen Gesang lehrte
und mit dem Gesange die Liebe. Oder soll ich auf-
richtig seyn? Wie das Mädchen ihm Liebe und Lieder singen lehrte, und sichs dann, als Mädchen,
unter tausend zärtlichen Bestrafungen wieder lehren ließ. Treu sollte meine Erzählung seyn, denn
ich habe das zärtliche Paar so sehr belauscht, daß
mir kein Ton, kein Kuß verloren ging.

Auch sollten mir ihre Verehrer danken, wenn
ichs ihnen verrieth wie sie selbst die vollkommensten
Singemeister werden könnten, und sollten mirs
nicht mißgönnen, wenn ich mit tausend Küssen dafür
belohnet würde.

Ich darf mich aber nicht auf die besondere Geschichte dieses lieben, edeln Paars so ganz einlassen. Sie wissen nicht was mir ein tadlender un-
zufriedner Blick von diesen lieben, herrlichen Menschen ist!

Auch möcht' ich dadurch meine Reisenden auf
einem so kurzen Wege von Danzig nach Warschau
gar zu lange unterweges lassen.

Es

Es soll einst das angenehmste Geschäft meines Lebens seyn, ihnen das höchst interressante Künstler und Menschenleben meines theuern innigst geliebten Hermenfrieds ganz zu erzählen; Und es geschicht, so bald er und sein trautes Weib drinn willigt.

Doch ich will ihnen hier wenigstens die Geschichte der ersten Singestunde erzählen. Dawider kann er unmöglich etwas haben: denn wir erkennen uns sicher eben so gut darinnen, als ihn.

Henriette war Meisterinn im Klavier, und so viel zur besten Erziehung gehört, hatte sie auch singen gelernt, das heißt, sie sang richtig und rein. Sie sollte, oder vielmehr sie wollte auch gerne schön singen lernen: wollte das gern von Hermenfried lernen. Den hatte sie lieb, und er hatte sie lieb. Das schlaue Mädchen wußte beydes: Hermenfried glaubte weder eines, noch das andre.

Dieser unerfahrne Liebhaber nun, der bisher nur das Glück gehabt hatte, dem lieben Mädchen bey Konzerten das Blatt umzuwenden — womit er immer so lange zögerte, bis sie selbst nach dem Blatt griff, um ihre schöne Hand zu berühren, die denn am Ende zum tausendfachen Dank, für ihren

O 4   Dank

Dank seiner Bemühung wegen, herzlich geküßt wur-
be — Hermenfried erhielt den erwünschten Auftrag, die reizende Henriette im Singen zu unterrichten.

Er erschien den nächsten Morgen — es war
der erste schöne Maymorgen — und fand das Mädchen im weißen Morgenkleide, eine vom Thaue noch
träufelnde Rosenknospe am verschleierten Busen, die
im Begriff war, ihr in den Schooß zu fallen —
So fand er sie am Klavier, wie sie eine Händelische
Sonate spielte. Sie sah ihn nicht kommen.

Nun war bey ihm ein Händelisches Stück zu
allen Stunden schon hinlänglich, ihn aus der gezie-
menden Falte zu bringen, die die gute Lebensart so
klüglich eingeführt hat, um unsere wahre Lage zu
verheelen, denn ich habe ihn bey Händelischen Sachen so hingerissen gesehn, daß er alles um sich herum vergaß, für Wollust schrie, und mit den Füßen
stampfte.

Zu seinem Unglück spielte sie noch dazu das al-
lerliebste naive Allegretto in f mit Variazionen.
— Das Mädchen verstand den Putz! —

Hätte

Hätte er sich nun ganz seiner Empfindung —
die schon vor dem Eintritt ins Zimmer genugsam
vorbereitet war, aufs höchste zu steigen — überlaß
sen sollen, so hätte er auf das Mädchen zulau-
fen, und sein glühendes Gesicht, seine wollust-
volle Thränen in ihrem Schooße verbergen müssen. Dann wär' ihm die bethaute Rose in den
Nacken gefallen. Nun aber fiel sie in dem Augenblick, da er gewahr wurde, daß die Mutter im Zimmer war, die ihn würklich noch nicht gesehen, dem
Mädchen auf die schöne Hand. Denn das Mädchen hatte sich bey dem empfindungsvollen Gesang
im zweyten Theil des Allegretto's sanft übergebogen.

Durch den Fall der Rose unterbrochen, machte
sie eine laute Bewegung. Die Mutter sah auf,
und das glühende Gesicht des Jünglings überzog Todtenbläße. Er stotterte der Mutter ein Kompliment,
vergaß — voll Begierde die schöne Hand der Tochter zu küssen — die Hand der Mutter mit dem
Kinne zu berühren, und darüber durft' ers hernach
nicht wagen, seine zitternden Lippen in die weiche
Hand des Mädchens zu drücken.

Das Mädchen sah seine Bestürzung, sah, wie
er seine Todtenbläße fühlte, sich schon zum andern-
mal das Gesicht rieb, und sagte ihm mit sanftem

O 5   Lächeln:

Lächeln: Sie sind ja heute ein wahres Bild des
Frühlings. Er wurde wie mit Blut begossen,
denn er merkt' es nicht gleich, daß das lose Mädchen
auf seinen grünen Rock mit Rosenroth aufgeschlagen deutete.

Man bat ihn, sich zu setzen. Er eilte, den
Stuhl des Mädchens zu ergreifen, und dachte vielleicht weniger dabey, als Sie jetzt schon gedacht haben, meine Schönen. Er glaubte aber die ganze
Kraft der Elektricität zu fühlen. Das Mädchen
war ißt zum Spiegel gegangen, der ihm gegenüber hing, um die Rose wieder im Busen halb zu
verstecken.

Mutter. Und Sie wollen die Mühe über sich
nehmen, mein lieber Musje ***, meine Tochter
Henriette im Singen zu unterrichten?

Hermenfried. O! — — (Weil er nicht sagen
durfte, das wird das Glück meines Lebens machen,
so konnt' er gar nichts sagen.)

Mutter. Freylich, ich seh' es sehr wohl ein,
wie beschwerlich es für ihre feine Ohren seyn muß.

Hermenfried. O Madam! — —

Mut-

Mutter. Siehst du, Henriette, ich habs dir
wohl gesagt, daß Musje *** Schwierigkeit machen
würde.

Henriette. Ey liebe Mutter, ich glaube, der
Herr *** macht es nur, wie die Herren Aerzte,
die oft, um größers Verdienst um den Patienten zu
haben, die Krankheit im Anfange viel gefährlicher
machen, als sie ist, und — —

Hermenfried. Verzeihen Sie, Mademoiselle —

Henriette. So? zweifeln Sie denn daran, daß
ich eine reine Stimme habe? Ich will Ihnen
gleich die Scala vorsingen.

Drauf ging sie ans Klavier, und sang c. d. e.
f. g. a. b. c.

Die Mutter gab ihm, indem sie den Kaffee be-
stellen ging, einen vertrauten Wink, als wenn sie
sagen wollte, Ihre Munterkeit wird Ihnen die
Mühe erleichtern.

Er ärgerte sich über den Mißverstand, und sah's
nicht ein, wie das schlaue Mädchen, daß ihm die
Scene viel Nutzen bey der Mutter schaffen würde.

Nun

Nun wurde über die boshafte Art, den Mißverstand zu unterstützen, über die göttliche Stimme, und wie ein Himmel voll Seeligkeiten in dem
Gedanken läge, das schönste Mädchen täglich zu sehen, zu hören — — — gesprochen? — nein,
gedacht und empfunden. Denn er konnte über all
das, was er gern sagen wollte, keine Sylbe hervor-
bringen!

Das schlaue Mädchen wiederholte indessen immer: c. d. e. f. g. a. b. c. hielt bey jeder Octave
etwas inne, und sah ihn an. Und just dann hatte
er immer schon die Worte auf der Zunge, hätte
sie ihn nur nicht angesehn! Endlich fiel er ihr bey
e ins Wort, und stammelte: ich bin — der —
Glücklichste — —

Mutter (ihn beym Ermel zupfend) nehmen
Sie doch eine Tasse Kaffee.

Hermenfried. (auffahrend) Ich trinke nie Kaffee.

Mutter. Ey ich habe geglaubt, Sie tränken
ihn fünf bis sechsmal des Tages, wenns drauf an-
käme?

Hermenfried. Bey solcher Hitze wollt' ich nur
sagen, trink ich ihn nie.

Mut-

Mutter. Ey, ey! Haben Sie jetzt schon so viel Hitze, wie wirds dann im August werden.

Sey ruhig, gute Mutter, dann wird er sich schon zu kühlen wissen. Dann kann deine Tochter, die jetzt blas da steht, und zittert, schon singen: Wie kann ich dich zu zärtlich lieben, du bester Jüngling!

Nun nöthigte die Mutter die Tochter etwas auf dem Klavier zu spielen. Sie wollt ihm eine kleine Schmeicheley machen, und nahm ein Stück von seiner eignen Arbeit. Nun aber waren unter den vielen Stücken, die er selbst gemacht hatte, doch nur sehr wenige, die ihm selbst intreßirten, und er hatte also Zeit, sich während des Stücks von all den beunruhigenden Dingen, die so auf ihn losgestürmt, und seine natürliche Dreistigkeit fast erliegen gemacht hatten, zu erholen.

Das Stück war vorbey. Ein Bravo mit dem andern erwiedert, und beyde von der Mutter belächelt. Denn für eine alte Mutter giebt es keinen erfreulichern Anblick, als wenn ihre reizende Tochter gefällt: sie lebt in dem Augenblick ganz in die Seele ihrer Tochter, sie macht die Eroberung selbst. Daher

her lieben die Mütter auch ihr Ebenbild so sehr an
ihren Töchtern, und lassen dem Vater lieber seine
Sicherheit in den Gesichtern der Söhne finden.
Daher kann eine Mutter sich so entrüsten, wenn ei-
ne ihr ähnliche Tochter einen Mann liebt, der der
Mutter nicht gefällt. Eine Tochter, die keine Aehn-
lichkeit mit der Mutter hat, wird viel leichter diese
Einwilligung zu einer solchen Lieb' erhalten.

Nun zog Hermenfried einen kleinen Aufsatz
hervor, worauf die bekannte Solmisation der Italiäner, eine bessere bequemere Benennung der Töne
von einem neuern Singemeister, und seine eigne
Grille zum Behuf der deutschen Sprache geschrieben stand.

Er sagte ihr, wie die verschiedenen Unbequem-
lichkeiten der italiänischen Solmisation des Guido
von Avezzo, und von den Franzosen schon verbes-
serten, diese bessere neue Benennung der Töne hervorgebracht. Wie er aber glaubte, daß man für
die deutsche Sprache, die jedem Sänger weit schwerer beym Singen wird, als die Italiänische und
Lateinische, und die man so selten gut und verständlich von Sängern aussprechen hört, noch außer dem
Solfegiren — so zur Vestigkeit und Sicherheit der

Kehle,

Kehle, zur Reinigkeit und Gleichheit der Stimme, und selbst zur Stärke und Dauer der Brust und Stimme vorgenommen wird — ganz besondere Uebungen vornehmen müßte, um den Sänger an die häufig aufeinanderfolgenden Konsonanten, und der häufigen Dyphtongen in der deutschen Sprache zu gewöhnen.

Es ist nicht genug, daß die Worte mit gehäuften Konsonanten deutlich und verständlich ausgesprochen werden — welches im Singen schon schwer ist, und nicht gar oft gehört wird — sie müssen auch so ausgesprochen werden, daß der Gesang so wenig als möglich unterbrochen wird.

Etwas geschiehet dieses auch bey der besten und künstlichsten Aussprache, und dieses ist es hauptsächlich, was unsre Sprache zum Singen unbequemer macht, als die Italiänische.

Er schlug daher vor, die Töne zuweilen in den einsamen Uebungen mit den schwersten und härtesten deutschen Worten zu benennen, z. B. Scherz, Zwang, Schuld, Angst, Schwulst, Schreck u. a. m. und sich nun erst bey ganzen langen Noten zu bemühen, die vor dem Vokal stehenden harten
ten

ten Konsonanten so schnell und leicht als möglich auszusprechen, damit das vorhergehende nothwendige Zischen, ehe die erste Sylbe gehört wird, so kurz und so wenig als möglich gehört werde.

Eben so rieth er die nachfolgenden Konsonanten halb zu verschlucken, wo es die Deutlichkeit der Aussprache nur irgend erlaubt: wenigstens sie auf den Lippen absterben zu lassen. Es sey denn, daß das drauf folgende Wort sich mit einem Vokal anfange, welches die mehresten unserer musikalischen Dichter aber eh zu vermeiden, als zu suchen scheinen.

Eben so rieth er besondere Uebungen für die häufigen Dypbtongen unsrer Sprache. Die Trennung der Vokalen, die manche billigen, wollt' er indessen der Deutlichkeit der Aussprache wegen nicht anrathen.

Hiebey rügte er auch den Fehler, daß in den mehresten Provinzen Deutschlands das st wie scht ausgesprochen würde; statt: stark, schtark, welches im Singen ein doppelter Fehler ist, da das scht ein längeres und stärkeres Zischen verursacht, als das st.

Der

Der Fehler hingegen in den mehresten Provinzen Deutschlands, das ü wie i, und das ö wie
e auszusprechen, wird im Singen zum Vortheil,
da bey ü und ö der Mund geschlossen wird, und
dieses wider die erste Regel des Gesanges ist, mit
offenem Munde zu singen, denn ohne die völ-
lige Oefnung des Mundes kann der Ton nicht
rein und klar hervorgebracht werden. Und was
noch wichtiger ist, meine Schönen! ohne die Oefnung des Mundes sieht man nicht ihre glänzen-
den, elfenbeinernen Zähne, und den schönen rothen
Gaum, und die schöne Zunge.

Sagte das auch der liebebebende Jüngling seinem holden Mädchen? Mit dem Munde wenigstens nicht.

Henriette versuchte jene Benennung mit den
schwer auszusprechenden Worten, und es fiel ihr,
der Ungewohnheit wegen, sehr ins Lachen.

Wir wollens uns leichter machen, sagte Hermenfried: ich will Ihnen einen Vers, der viele
solche harte Worte hat, in Musik setzen; dann
wollen wir den zur Uebung singen. Er ergriff
die Feder, und schrieb:

P   Zwi-

Zwischen Furcht und zwischen Hoffen
Schwankt mein liebebebend Herz.
Jeder Freude war es offen,
Jetzo – – – jedem Schmerz.

Und doch lieb' ich meine Schmerzen
Mehr als jener Freuden Spiel;
Alles bist du meinem Herzen,
Seeliges Gefühl!

Er schrieb zugleich eine Melodie dazu nieder, und sang sie vor. Aber wie? bebend, athemlos. Auch dem Mädchen bebte das Herz. Hätt' ers nur gewagt, sie beym Singen anzusehen! Wie's zu Ende war, sah er sie mit halbem Blick an, und es überfiel ihm, als wenn sie lächelte und weinte.

Sie tadelte an dem Liede, daß ers aus f mol gesetzt hätte, da er doch wüßte, daß sie den Ton gar nicht hören könnte, ohne bis zu Thränen gerührt zu werden. Sie würd' es des Tons wegen nicht zur Uebung singen können. Das that ihm sehr leid: er wollts wieder einstecken. Sie bat ihn aber, es ihr zu lassen, nahms und legt' es in ihre Brieftasche. Das war ihm nun sehr lieb. Er versprach ihr den nächsten Morgen ein ander Lied

Lied zu bringen. O das setzen Sie doch in E
dur! das war ihr beyder Lieblingston.

Er ergriff den Hut. Und wie ihm nun, auf
das Mädchen zugehend, das Herz immer mächtiger schlägt, sich nach einem Liebeszeichen, nach einem sanften Druck der Hand sehnt! In ihren
Augen fand er Hofnung. Mit Zittern ergreift
er die schöne Hand: sie bebt und sagt Ja.

Doch ich muß abbrechen. Wie schwer es mir
wird, die innige Liebe der Edlen kaum berührt zu
haben: nicht ausmahlen zu dürfen, wie sie mit jedem Morgen wächst; immer tiefer ins Herz sich
gräbt; wie sie die paradiesisch schöne Natur um
sie herum zum Himmel ihnen macht; wie sie sich
unzertrennlich fühlen und sich trennen müssen;
wie ihnen da das höchste Geschenk des Himmels
zu unaussprechlicher Marter wird; wie das liebe,
treue Mädchen nun die langen Nächte durchweint;
er von ihr entfernt, lange alles, was sie nicht ist,
was sie nicht wenigstens einen Augenblick seyn
kann, aneckelt, anspeyt, an alles, was nur einigermaßen sich ihr naht, mit Sehnsucht, mit brennender Begierde sich hängt, und sich so in der
größten Reinigkeit seines Herzens Leiden, unaus

P 2   sprech

sprechliche Leiden bereitet, die all seine Tugend, all seine Stärke zu mächtigen Kämpfen auffordern, denen er fast erliegt, durch Beharrlichkeit, Gewalt über sich selbst, endlich den Sieg erhält, und mit unbescholtnen Armen sein treues, liebes Mäd= chen wieder umfaßt, und ihre Thränen mit Liebe trocknet.

Kann und darf ich auch gleich das alles nicht so mahlen, wie es im Innersten meiner Seele flammt, so versprech ich doch meinen Lesern, ihnen recht bald Lieder zu geben, die Hermenfried in dieser glücklichen und unglücklichen Liebeszeit ge= dichtet, die den Zustand seines Herzens treu schildern.

Hermenfried hatte in seinem zwanzigsten Jah= re gründliche Kenntniß der Harmonie und Fertig= keit im Komponiren. Das Klavier spielte er mit außerordentlicher Fertigkeit und Delikatesse. Er übersah den Umfang der Kunst mit scharfem Blick, und hatte einen guten bestimmten Geschmack. Aber Erfahrung fehlte ihm noch in ziemlichen Grade. Ich meyne Erfahrung als Komponist, zu der Selbstschreiben und Durchsehen und Durchstudie= ren großer Werke noch nicht genug ist. Man weiß, wie unendlich in der Musik Hören vom Le=
sen

sen verschieden ist: wie sehr Studium des Effekts vom Studium der Harmonie verschieden ist.

Zwar hatte er in Dresden viel gute große Musik gehört: es war aber denn doch alles zu sehr in Einem Geschmack, in Einem Styl. Dabey lief er Gefahr, sich in die Eine Manier so hinein zu arbeiten, daß sein Genie darüber litte. Seine Arbeiten begannen auch bereits ein gewisses steifes, einförmiges Ansehen zu bekommen: er fing an, Fülle der Harmonie und Genauigkeit des Rythmus auf Kosten des Gesanges, des Ausdrucks zu suchen.

Sein großer Meister hatte ihm schon einigemal gesagt: wenn ich ihre Stücke nicht hörte, blos sähe, würd ich sie oft für meine eigne halten. Darinnen lag es nun eben; das Ding sah sich oft trefflich an, und klang doch ganz anders.

Es geht einem jungen Künstler, der Harmonie studiert, und nun anfängt, gründlich, fleißig und korrekt zu arbeiten, wie es jedem jungen Menschen zu gehn pflegt, der erst anfängt, Bekanntschaft mit großen, berühmten Leuten zu machen. Jener kann nicht voll, nicht gedrungen genug

schrei-

schreiben, um der Welt all die erlernten Künsteleyen so recht vor Augen darzulegen, damit sie ja
sähe, was er alles weiß. Dieser spricht von den
ersten Zusammenkünsten mit einem berühmten
Mann, dem ersten gehorsamer Diener, so er mit
ihm gewechselt, ohn' Unterlaß, weiß sich viel damit,
den berühmten Mann vom großen Zeh bis zur
kleinen Haarlocke seiner Perucke zu kennen, be-
schreiben zu können. Ist jener aber erst so recht
mit dem Innern seiner Kunst vertraut, fühlt er
sich; hat dieser jenen großen Mann erst zu seinem Freunde, fühlt er sich in ihm, so kümmern
sich beyde wenig um die Welt, ob sies sieht oder
nicht. Genug er selbst weiß es, fühlt es, genießt
es. Er weiß nun auch, daß viele prahlerische
Künsteleyen nicht Kunst sind, daß viele grosbe-
rühmte Männer nicht edle Menschen sind, und
geht oft beyden aus dem Wege.

Der Vater sah jenes ein, wußte auch, daß
an seinem Sohn nichts von der guten, moralischen und wissenschaftlichen Erziehung, die er ihm
gegeben, verloren gegangen, daß er ein bestimmt
guter und aufgeklärter Mensch war, und trug also kein Bedenken, ihn reisen zu lassen. Er glaub-

te

te Religion, für die der junge Mann wahres, warmes Gefühl hatte, natürlich gutes, feines Gefühl, Einsicht und edle Liebe, die er warm im Herzen trug, würden ihn für Laster bewahren. Und Thorheiten? Für deren Vermeidung war der Vater eben nicht ängstlich besorgt, glaubte aber doch, auch hiervor würde ihn sein guter, bestimmter Geschmack größtentheils sichern.

Von seiner edlen Liebe zu Henrietten wußte der Vater sehr wohl, und freute sich in seinem Herzen darüber, hatte aber noch nie mit dem Sohne davon gesprochen.

Der Vater berechnete genau, was der Sohn zu einer Reise durch Deutschland und Italien bedurfte, um sie ohne Aufwand und besondere Bequemlichkeit, aber doch völlig sicher für Mangel zu machen. Dies bestimmt' er ihm zur Reise, dabey equipirte er ihn, nicht prahlerisch, aber gut und anständig.

Sein Seegen, den er dem Sohn zur Reise mitgab, war dieser:

Hier-

Hier, mein Sohn, haſt du ſoviel Geld,
als du nothwendig zu deiner Reiſe brauchſt.
Willſt du mit mehrerer Bequemlichkeit und
größerem Aufwande reiſen, ſo nimm deine
Muſik zu Hülfe. Verdiene dir ſo viel, als du
auf eine vernünftige und anſtändige Art verdienen kannſt. Empfehlungen geb ich dir
nicht mit. Ich hoffe, du wirſt dich durch
deine Aufführung und Kunſt Freunde genug
machen. Sey fleißig in deiner Kunſt, nuße
jede Gelegenheit zu deiner Vervollkommnung.
Lerne auch die Welt und die Menſchen kennen. Hüte dich aber, hüte dich, Lieber, ſie
auf Koſten deiner Geſundheit, deines Herzens, deiner künftigen Glückſeeligkeit kennen
zu lernen. Denke ſtets daran, (hier ergriff
ihn der Vater zärtlich bey der rechten Hand)
denke ſtets daran, daß Gott jede deiner
Handlungen ſieht, daß dein Glück, das Glück
deiner dich herzlich liebenden Eltern iſt, dein
Unglück das Ihrige. (Nun ergriff er ihn bey
beyden Händen, und zog ihn ſanft zu ſich.) Denke daran, mein lieber, guter Sohn, daß hier
deine Henriette auf dich wartet, daß das
gute, liebe Mädchen hoft, durch dich einſt

ein

ein glückliches Weib, eine glückliche Mutter zu werden. Gott geleite dich!

Hermenfried fiel sprachlos an den Hals seines Vaters, beyde weinten, daß die hellen Thränen in großen Tropfen über ihren Hals hinrollten.

Ich darf mich auf seine musikalische Reise nicht besonders einlassen, obgleich ich sein sehr genaues Tagebuch vor mir liegen habe. Nur so viel im Allgemeinen.

Er suchte jeden merkwürdigen Tonkünstler genau kennen zu lernen, bat ihn um die Mittheilung seiner Werke und seiner besondern Ideen bey der Arbeit.

Er suchte jede Gelegenheit auf, Musiken und vor allen Dingen gute und große Sänger zu hören, versäumte keine gute und keine schlechte Musik, gab vorzüglich auf ihre Wirkung Acht, und zog sich davon Erfahrungssätze ab.

Er besuchte die Bibliotheken, um alte musikalische Schätze und zur Aufklärung der Geschichte

P 5   der

der Muſik dienende Werke kennen zu lernen. Vorher ſuchte er aber immer beſondere Bekanntſchaft
mit dem Bibliothekar, um nicht die edle Zeit mit
unnützer Beſchauung vieler tauſend Bücher hinzu-
ſchlendern.

Er bemühte ſich, die Beſchaffenheit guter Or-
gelwerke und anderer Inſtrumente genau kennen
zu lernen, eben ſo auch die Beſchaffenheit zur Muſik aufgeführter Gebäude.

Da jeder Menſch ſah, daß nicht Geldſchneide-
rey oder Prahlerey ſein Reiſegeſchäft war, daß er
ein beſcheidner und eifrig lehrbegieriger junger
Künſtler war, ſo kamen ihm die beſten Menſchen
entgegen, um ihm in ſeinen Unterſuchungen behülflich zu ſeyn.

Der Hof war immer der letzte, warum er ſich
in einer großen Stadt bekümmerte. Indeſſen
wurde er von den meiſten Höfen ſelbſt aufgeſucht,
und oft, ohne, daß ers drauf anlegte, ſehr anſehn-
lich beſchenkt, ſo daß der Werth der auf ſeiner
ganzen Reiſe erhaltenen Geſchenke die Koſten ſeiner
Reiſe übertraf. Er war bey ſeiner mäßigen, blos
Be-

Bedürfniß befriedigenden Art zu reisen geblieben, und konnte daher das Glück genießen, die erhaltenen Geschenke zu guten, menschenfreundlichen Werken anzuwenden.

Es wurden ihm auch häufig Dienste angeboten. Er sah aber immer, daß seine äußerliche edle Gestalt, oder zu hohe Vorstellung von seinen Fähigkeiten, oder vornehme Grille den größten Antheil daran hatten, und das war ihm genug, solche Anerbietungen gradezu auszuschlagen. Er war überhaupt fest entschlossen, sich durch keine besondere Verbindung auf seinem Wege aufhalten zu lassen, auch nicht eh eine Stelle anzunehmen, als bis er sich selbst zu einer wichtigen Stelle fähig fühlte.

Auch verschafte ihm seine Kunst und sein gutes, edles, ofnes Gesicht, dem sein Charakter so ganz entsprach, die ausgebreiteste Bekanntschaft mit allen Ständen: und er lernte daher in den wenigen Jahren seiner Reise die Welt und sich selbst mehr kennen, als tausend andere oft in ihrem ganzen Leben.

Je

Je weniger ich von seiner Reise als Künstler reden darf, deſtomehr treibt's mich, von ihm als Menſch zu reden.

Er ſagte oft, wenn vom Vortheil des Reiſens die Rede war, der größte Vortheil ſeiner Reiſe wäre, daß er ſich ſelbſt und ſeine Heymath ſchätzen gelernt hätte. Denn er ward feſt überzeugt, daß es keinen Himmelsſtrich, keinen Winkel der Erde gäbe, der nicht dem aufmerkſamen Beobachter und wahren zärtlichen Freunde der Natur tauſendfache Gegenſtände der Unterſuchung, des Vergnügens und der Bewunderung darböte. Und welche unzählige Menge von Merkwürdigkeiten und Schönheiten der Natur fand er nicht bey ſeiner Rückkehr in ſeinem Vaterlande, die er in allen durchreiſeten Ländern vergeblich geſucht, und vorher in ſeinem Vaterlande überſehen hatte. Ein Fehler der meiſten jungen Leute, immer nach den entfernten Ländern ſich zu ſehnen, und darüber ihr Vaterland mit allen ſeinen Vorzügen zu vergeſſen, wohl gar zu verachten.

Eben ſo ward auch Hermenfried im Innerſten ſeiner Seele feſt überzeugt, daß es überall gute, eble

eble Menschen gäbe: und überall nur selten solche
himmlisch edle, göttlich erhabne Menschenseelen, de‐
ren Gemeinschaft und Freundschaft uns hier schon
einen seeligen Vorschmack des Himmels und der
ewigen Seeligkeit gäben, da wir im näheren An‐
schauen Gottes, und in dem genauesten ewig un‐
zertrennlichen Zusammenketten edler, gleichgestimm‐
ter Seelen unaussprechlich, unbegreiflich seelig seyn
werden.

Auch fühlte er in sich selbst mehr Trieb und
Kraft und Liebe zum Guten, als er bey vielen in
der Ferne angebeteten Männern gefunden hatte.
Denn nichts hatte ihm auf seinen Reisen mehr
Kränkung, mehr wahre Betrübniß verursacht, als
die traurige und leider so häufige Erfahrung, daß
oft die größten Gelehrten, die größten Künstler, selbst
oft die eifrigsten Tugendlehrer, in ihrem Leben die
elendesten, verächtlichsten Menschen sind. Man
stelle sich seine Bestürzung, seine Beschämung vor,
wenn er mit heißer Begierde, mit fliegenden Schrit‐
ten dem persönlichen Anschauen eines Mannes ent‐
gegeneilte, den er als einen großen Dichter, oder
tiefsinnigen Weltweisen, oder seltnen Künstler schon
von seinen ersten Jünglingsjahren an mit tiefer
Ver‐

Verehrung, mit innigſter Liebe gedacht, genannt
hatte; wenn er nun vor ihm ſtand, und hofte auf
ſeinem Geſichte edle, göttliche Ruhe der Seelen,
klareres, freudigeres Anſchauen Gottes, reine, feurige Gottesliebe, Menſchenliebe, Bruderliebe, be-
ſcheidene Zufriedenheit mit ſich ſelbſt, edlen Stolz
auf Würde der Menſchheit zu ſehen, von ſeinen
Lippen zu vernehmen — und dann Tumult, Auf-
ruhr, Krieg der Leidenſchaften, Verwirrung und
Zweifel, Gewiſſenloſigkeit, Haß, Neid, Verfolgung, Habſucht, kriechende, kindiſche Eitelkeit ſah,
hörte — o wie verächtlich ihm dann die elenden
Menſchen ohnerachtet all ihres Wiſſens, all ihrer
Fähigkeit, all ihrer Geſchicklichkeit wurden! Weit
verächtlicher, als die unglücklichen, bejammerns-
würdigen Seelen, die nie Anlaß fanden, ſich aus
dem Schlamme zu erheben, die Fürſtentyranney
und teufliſche Politik und elende Erziehung in
Niedrigkeit und Finſterniß niedertreten und feſ-
ſeln; oder die durch falſche, dem Schwachen
überredende Lehre, durch giftige, ſüße Worte ins
Verderben gelockt, geſtürzt, und nun im Laſter be-
täubt hinträumen, hintaumeln. —

Selten, nur ſelten fand er unter denen in der
Ferne als Weiſe, als Dichter, als Künſtler verehr-
ten,

ten, geliebten Männern solche Menschen, die er
auch bey näherer Bekanntschaft als Menschen ver-
ehren und lieben konnte: die nicht, wie die meisten Gelehrten und Künstler, nur aus Prahlerey
oder Gewinnsucht forschten und schrieben, sondern
denen es eifrigst und herzlich um die Erforschung
und Ausbreitung des wahren Guten, wahrhaftig
Nützlichen und edel Vergnügenden zu thun war;
die nicht nur Gelehrte und Künstler waren, sondern auch ihre Pflichten als Menschen, Hausvä-
ter und Väter liebten und erfüllten.

Und nur sehr wenige, sehr wenige unter den
angebeteten großen Männern hatten das hohe
Verdienst, größer noch als Menschen zu seyn, als
sie es als Gelehrte, Dichter und Künstler waren.
Aber welches Entzücken, welche Seeligkeit war
ihm auch der Gedanke an diese wenigen Edlen!

Destomehr wahrhaftig gute und eble und glückliche Menschen fand er aber unter denen noch
unverdorbnen Landleuten, die in einiger Entfernung von großen Städten wohnten. Dieses und
seine inbrünstige Liebe für Schönheit der Natur
verursachte, daß er sich auf seinen Reisen den
Früh-

Frühling und Sommer über nur wenig in großsen Städten aufhielt; die meiste Zeit brachte er auf dem Lande zu, welches er dann auch nach allen Seiten durchwanderte. Dieses Durchwandern nach allen Seiten, um das Land recht genau und recht viel gute Menschen kennen zu lernen, brachte ihn zu dem Entschluß, zu Fuße zu reisen, wozu ihn eben seine äußerlichen Umstände nicht zwangen. Er hatte auch vorher jede andre Art zu reisen versucht, mit Extrapost, mit der gewöhnlichen Post, mit Fuhrleuten, zu Pferde und zu Wasser. Er fand aber, daß alles dieses weit mehr den Körper angreife und ermüde, und die Seele zum freudigen Genuß des Guten und Schönen unfähiger mache.

Auch war es auf keine, jener erwähnten Arten zu reisen möglich, das Land und die Bewohner so genau kennen zu lernen, als es wohl zu Fuße geschehn konnte. So konnte er jedes fruchtbare Feld, jeden großen und schönen Wald, jeden Busch, jedes Thal, jede Anhöhe, jeden Berg, jedes Ufer des Stroms, jede Quelle ganz kennen und genießen. Der Landmann näherte sich weit eher dem freundsichen Fußwanderer, wurde weit eher vertraut mit ihm:

ihm: so konnte er bey jedem guten Landmann,
dem er gern tiefer ins Herz sehen wollte, ohne Umstände übernachten, ohne Umstände wochenlang den
seeligen Anblick einer häuslich glücklichen Familie
genießen, Tagelang den Arbeiten eines vernünftigen
und fleißigen Landmanns beywohnen, von ihm
Bearbeitung des Feldes lernen; oder auch ihm
durch Mittheilung seiner Bemerkungen und Er-
fahrungen nützlich werden; durch ihn Kenntniß
des Bodens, der Landesfrüchte und der Landes-
verfassung erhalten. Und was noch über alles
ging, so konnte er, der für sich sehr mäßig, von
Feld- und Gartenfrüchten, Brodt, Milch und
Wasser lebte, um so viel mehr, als ihm die künst-
lichere Art zu reisen gekostet haben würde, an
Unglückliche, Bedürftige wohlthun.

Auch hatte er sich vor seiner Reise bemüht,
den menschlichen Körper und die wichtigsten und
gemeinsten Krankheiten desselben genau kennen zu
lernen, um auf seinen Reisen dem leidenden,
hülflosen Landmanne beyzustehn, zu helfen.

Ich muß einige die Menschheit intereßirende
Auftritte seiner Reise hier erzählen. Könnte ich

Q   sie,

sie, edler, himmlischer Freund, könnte ich sie dir
mit derselben Wärme, mit der Lebhaftigkeit, mit
der hinströmenden, rührenden Sprache des Herzens nacherzählen, mit der du sie meinem Herzen
tief eingeprägt, wann wir dort unter der hohen,
heiligen Eiche saßen, unter der sich unsere gleich-
gestimmte, gleichlautende Seelen zuerst erkannten,
umfaßten, innigst umschlangen; unter deren weit-
vorragenden, tief hinaus sich beugenden Aesten wir
so oft die unaussprechliche Seeligkeit himmlischer
Freundschaft, reiner, hoher Seelenliebe genossen:
ach! unter deren Schwermuthrauschendem Laube
ich mich von dir losreißen mußte, von dir, der
du mir alles warst, der mein ganzes Herz erfüll-
te, noch erfüllt. Großer, gütiger Gott! hättest
du nicht das hohe Gefühl für Unsterblichkeit in
unsre Seele gelegt, uns nicht die Verheißung eines ewigen, seeligen Lebens gegeben: wie würden
Freunde, die sich so innig lieben, wie würden die
sich trennen können, ohne unaussprechlich elend zu
seyn, ohne unter der Angst ihres Herzens zu erliegen.

Oft saßen wir nach vollbrachtem Geschäft unter der hohen, heiligen Eiche, oft, sehr oft sprachlos

los Hand in Hand, Aug in Auge, oder den gle‑
rigen Blick auf den sternenflimmernden Mond‑
hellen Himmel gerichtet. Nicht Worte, ein küh‑
ner, zuversichtlicher Druck der Hand, ein hoher,
mehr als tausend Zungen redender Blick, gleicher
mächtiger Drang zu seelenvoller Umarmung sag‑
tens uns, daß unsere gleichgestimmten Seelen Un‑
sterblichkeit, ewige, seelige Vereinigung ahndeten,
tief fühlten! daß sie mächtig jenen höhern Gegenden
entgegen strebten! Und dann schwand die Erde unter
unsern Füßen, und es war als hätten wir keine
Erdensprache. Wie hätten auch alle Sprachen
der Welt nur den kleinsten Theil der seeligen Em‑
pfindungen ausdrücken können, die dann unsere
Blicke belebten! Und wann uns dann die empor‑
steigende Sonne aus diesen seeligen innigen Um‑
armungen weckte, o wie war uns dann das ma‑
jestätische, herrliche Aufsteigen, der gestern in
Nacht versunkenen, großes, mächtiges Bild unse‑
rer Wiederauflebung! Im innersten unserer See‑
len beteten wir dann den an, der diese hohe, mäch‑
tige Gefühle in unsre unsterbliche Seele legte.
Mächtig gestärkt in unserm Vorsatz, besser zu wer‑
den, nach höherer Vollkommenheit zu streben,
gingen wir dann an unser Geschäft.

Q 2   Oft

Oft aber auch, wenn wir unter der Schwer-
muthrauschenden Eiche saßen, und der Mond
kämpfte vor uns mit Gewölk, das ihn umzog,
dann trübte oft der Gedanke an menschliches
Elend hieniden, unsere zur Wehmuth gestimmte
Seelen. Siehe, sagt' ich dann, siehe wie so viel
Tausende nach Glückseeligkeit jagen, und sich alle
von ihr entfernen: siehe wie der edle Unglückliche dort,
auf dem rechten Wege zur Glückseeligkeit, stets neue
tausendfache Hindernisse findet, die Bosheit, Neid,
Verfolgung ihm in den Weg stürzt, ach! er wird
erliegen. Thränen hemmten dann meine Sprache.

Aber er, weit besser, weit stärker als ich,
sprach dann mit tröstender Stimme: „wende weg
deinen Blick von jenem verworrenen, unseeligen
Taumelplatz menschlichen Elends, wo auch wir
oft in unserm eifrigsten Streben, gut zu seyn,
und Gutes zu wirken, aufgehalten wurden. Siehe hier den glücklichen Landmann, der doch immer noch die weit größere Anzahl der Menschen
ausmacht, und — der weisen Einrichtung des
großen Schöpfers sey's gedankt! — immer der
größte Theil der Menschen bleiben muß: Siehe
ben, und ehe du einmal Elend und Verzweiflung

bey

bey ihm erblickst, wirst du tausendmal Zufriedenheit, wahres Vertrauen auf Gott, Gottesliebe und Bruderliebe sehen. Du weißt, ich kenne
den Landmann, wie ihn wenige kennen; Jahrelang lebte ich ganz mit ihm, mit vielen Tausenden unter ihnen: aber es sey dir geschworen, wo
ich niederdrückendes, tödtliches Elend fand, da
kams von jenen unseeligen Menschen her, die in
großen Städten wohnen. Das unvermeidliche Uebel, das oft aus dem Gange der Natur entsteht,
weiß der Landmann mit uns ganz fremder Gelas-
senheit und Ergebung in den Willen dessen, der
ihm seine Felder und Wiesen befruchtet zu ertra-
gen.

Einst wanderte ich in einer bergigten Ge-
gend: die steilen Berge waren mit herrlichen hun-
dertjährigen, tausendjährigen Bäumen von sehr
verschiedener Art, sehr verschiedenem Laube be-
bewachsen. Ueber die hohe, weit ausgebreitete Eiche ragte die schlanke, kühne Fichte hoch hervor,
der Tanne dunkles Grün wurde trüber dem Auge, durch den blassen Schein gegenüberstehender
Birken: Buchen umschlungen sich, schwesterlich in
einander gewachsen; und an ihren hohen Gip-

feln

feln sahe man noch Namenzüge, die vor Jahrhunderte zärtlich Liebende in ihre junge Rinde
schnitten, und sie ineinander schlangen, daß sie
lange ein Bild ihrer Seelenvereinigung blieben.
Auf den Höhen und in den Thälern, standen die
fruchtbarsten, gesegnetesten Felder und Wiesen in
ihrer Blüthe: Reuter und Pferd konnten sich unter die hohen, vollen Aehren verbergen. An den
Anhöhen weideten fette, glänzende Heerden: auf
den Wiesen standen Männer bis an die Brust
im Grase und mäheten. Sie waren aber nicht
frölich, sangen nicht muntere Gesänge: denn es
war ein heißer Tag, eben um die Mittagsstunde,
und am Horizont zogen sich schwarze, fürchterliche
Wolken zusammen. Ich hatte noch zwey Stunden bis nach einem Dorfe, das tief im Thale
lag. Bald wurde der ganze Himmel bezogen; es
wurde am Mittage Nacht, und plötzlich brach
der gewaltigste Sturm und Donner mit Blitzen
und Hagel und Regenguß mächtig hervor. Ich
war gezwungen, mich unter eine tausendjährige
Eiche auf den Boden zu legen.

Zwey Stunden kämpften und tobten die Ele-
mente, und dann wards ruhiger und klar.

Gott

Gott welch ein Anblick! Alle Felder, alle Wiesen wie von tausend Mähern niedergemäht; alles Glück, alle Hoffnung des Landmanns gänzlich zu Boden geschlagen; die Heerden zerstreut, hier ein todtes Lamm, dort hundert getödtet. — Ich wäre fast vergangen bey dem Anblick. Ich eilte fort, kam an einen hohlen, sehr steilen Weg, den Reisende sonst mit gehemmten Rädern, und doch nicht ohne Gefahr hinabgleiteten. Und welch ein neuer, schrecklicher Anblick! Nie sah ich so etwas fürchterlich Großes! Der Weg war verschüttet, als wär er nie gewesen: viel tausend Bäume, die am überhangenden Rande, bis auf die äußerste Höhe des Berges gestanden, waren samt ihrem Erdreich hinunter gestürzt; viele hatten sich in die Höhlung gepflanzt, standen da tief und fest, als hätten sie Jahrhunderte schon da gestanden; andre hatten ihre Krone tief in die Erde gegraben, und spreuzten ihre entblößten Wurzeln gen Himmel; noch andre junge zarte Bäume lagen zu Tausenden vom Laube entblößt übereinander auf dem Boden; andere waren von nachstürzenden Felsenstücken tief in die Erde geschlagen, so daß ihre Krone ihre Wurzeln umschlangen.

Q 4   Stun

Stundenlang stand ich wie versteinert vor
dem gräßlich erhabenen Orte, bis mich eine ferne, klagende Stimme aus meinem Staunen
weckte: sie konnte nicht weit von mir seyn, ich
versuchte mich durchzuarbeiten, und war nicht
zehn Schritte geklettert, als ich einen lieben,
feurigen Jungen von ohngefähr sieben Jahren
auf einem todten, jungen Lamme schluchzend und
weinend liegen sah. Er hatte das kleine Lamm
von der Heerde genommen, da der Sturm ein-
brach, um es nach Hause zu tragen: hier hatte
ihn aber der Sturm ergriffen, und zwischen die
niedergestürzten Bäume geworfen. Der Junge
war bis auf eine geringe Quetschung am Beine
unbeschädigt, aber das Lamm war erdrückt. Ich
bat ihn, tröstete ihn, versprach ihm zehn andre Lämmer; aber er wollt' es nicht verlassen.
Nein, nein, es ist mein Lamm, meine
Mutter gab's mir, und meine Mutter ist
todt. Das wiederhol' er unaufhörlich, das
Lamm festhaltend, bis ich ihn samt seinem Lamme mit Gewalt auf den Rücken nahm, und
mich so mit äußerster Mühe und Anstrengung
seitwärts durcharbeitete.

Tle-

Tiefer unten war der Weg weniger verschüttet, aber fast Mannhoch überschwommen. Ich mußte warten, bis das Wasser sich verzog, und die Bauern hinzukamen, die Gräben öfneten, und den Schutt wenigstens für Fußgänger wegräumten. In fürchterlicher Todtenstille thaten sie das. Keiner sprach ein Wort. Seufzer und Thränen das war alles. Auch ich hatte nicht das Herz, sie anzureden. Weinen konnt' ich aber noch nicht. Ich ging langsam meinen Gang fort, und war bald am Dorfe.

Bey dem ersten Baurenhause durchdrang mich ein Anblick bis ins Innerste meiner Seele. Das Haus war aus- und inwendig bis über die halbe Höhe der Thüre und Fenstern mit Erde, Sand und Steinen verschüttet: und in dieser aufgeworfenen Erde stand ein alter achtzigjähriger Mann mit seinem acht und siebenzigjährigen Weibe bis über die Kniee, und arbeiteten mit schwachen Kräften den Schutt aus dem Hause zu schaufeln. Sie hatten ihr Gesicht von einander weggewandt, um dem andern nicht sehen zu lassen, wie die Thränen in dicken sich jagenden Tropfen auf den Boden rollten. Ich

Q 5   sprang

sprang zu, hinein konnt' ich nicht: rief, schrie ihnen zu, allein von Wehklagen schon getäubt, und
ganz in ihren innern Gram versenkt, hörten sie
mich nicht, bewarfen mich unbewußt mit Erde;
und doch konnt' ich nicht fortgehn. Ich schrie
wieder: Vater, Vater! Da sah der Alte mich
plötzlich mit starren, gierigen Augen an, seufzte
tief aus der Brust, schlug die Augen wieder nieder, und arbeitete heftiger weinend fort. Ich
will euch Hülfe holen, rief ich, will euch helfen,
helft mich nur hinein. Da reicht' er mir, ohn'
ein Wort zu reden, die Schaufel, und ich kletter-
te hinein.

Ich. Seyd ihr denn so ganz ohne Hülfe,
Alter?

Der Bauer (mit gebrochener Stimme in einem holen Tone.) Gott hat mir drey Söhne
gegeben, aber sie haben sie mir genommen. (und
nun konnt' er für heftiges Schluchzen und Weinen nicht weiter.)

Die Frau. Ja Herr, die Soldaten, die Soldaten — das ist unser Unglück! — was Gott
thut, das ist wohl gethan! —

Den-

Denke dir den Zustand meines Herzens, wie's mir zerspringen wollte. Die Thränen stürzten mir mächtig die Wangen herab. Ich konnt' nicht helfen, warf einen Theil meines Geldes auf den Tisch, und stieg hinaus zum Fenster, das nach dem Garten ging.

Hinter dem Hause warf ich mich unter eine hohe Linde, die von allen Bäumen und Gartengewächsen allein stehen geblieben war, und weinte aus. Da dacht' ich wieder an den Jungen, der beym Eintritte ins Dorf sich von mir losriß, und auf das Haus seines Vaters zulief: ich sucht' ihn, konnt' ihn aber nicht wiederfinden.

Ich ging drauf zum Pfarrer des Dorfs, ließ mir genau den Zustand der verunglückten Einwohner sagen, und lief, weil ich nicht mehr viel Geld bey mir hatte, nach der nächsten großen Stadt, wandte da all mein Wissen, all meine Kunst an, so viel Geld als möglich zu verdienen.

Nach sieben Tagen kam ich wieder in das Dorf; fand alles herum noch eben so wüste; kein sanfter, wohlthätiger Windhauch hatte die nieder-

ge-

geschlagenen Aehren erheben können. Doch wars
im Dorfe selbst ziemlich aufgeräumt, und die Gär-
ten schon wieder von neuem bearbeitet. Auch
waren die Leute mir ganz unbegreiflich ruhig.

Ich suchte gleich wieder, meinem achtzigjähri-
gen Greis auf, und fand in seinem Hause alles
ordentlich und ruhig. Die Frau saß, und sponn,
der Alte schnitt Stäbe, um junge, neugepflanzte
Bäume, die ihm der gute, wohlthätige Pfarrer
des Dorfs geschenkt, zu stützen. Sie erkannten
mich nicht, hießen mich niedersitzen, und erkun-
digten sich, ob ich nichts neues vom Kriege wüßte. Ich suchte das Gespräch so viel als möglich
davon abzuleiten, weil ich wußte, was ihnen am
Herzen nagte, weil ich sah', wie's ihnen nagte.
Aber sie waren immer wieder da. Kein Wort
entfiel ihnen über die letzte Verwüstung. Endlich fing ich selbst davon an. Der Alte hatte sich
mit niedergesunkenen Armen, und niedergesenktem
grauen Kopfe vor mir hingestellt.

Ich. Habt ihr denn auch bey dem letzten
Sturme Schaden gelitten?

Bauer.

Bauer. (die Hände langsam in der äußersten Tiefe haltend, und mit halber Stimme) All mein Feld ist hin!

Ich. Wovon werdet ihr nun aber den Winter leben? Wovon wieder säen?

Bauer. (mit zum Himmel gerichteten Augen, und starker, zuversichtlicher Stimme) „Weil du mein Gott und Vater bist, so wirst mich nicht verlassen!" —

Hermenfried konnte vor Thränen nie weiter erzählen.

Ich will an einem andern Orte mehrere die Menschheit intereßirende Auftritte seiner Reise erzählen, bis ich einst der Welt sein ganzes, höchst interessantes Leben darstellen kann.

Nach drey Jahren kam er aus dem Lande der wahren, schönen Musik, bereichert mit großen Schätzen von Kenntniß und Erfahrung zu seinen lieben Allen zurück. Ich wags nicht, die ersten feurigen, seeligen Umarmungen mit kalten, trocknen Wor-

Worten zu schildern. Und vermöcht ichs auch mit
aller Wahrheit und Wärme, die die Sprache nur
vermag, was wär's dennoch für den Kalten, der's
noch nie gefühlt, nicht fühlen kann? Und was gar
für den, der's gefühlt, der's ganz zu fühlen vermag?

Der erste Taumel der Freude war vorüber,
und nun sprach ihm der Vater so: (Alle waren
beysammen, auch Henriette mit ihren Eltern und
Geschwistern.)

„Du hast bis heute alle meine Wünsche er-
„füllt, mein lieber, lieber Sohn. Meine Kor-
„respondenten haben mir aus jedem Orte deines
„Auffenthalts die umständlichste Nachricht von
„deinem Leben mitgetheilt und nie hab' ich Ur-
„sache gehabt andre Thränen um dich zu weinen,
„als Thränen der Freude. Bleibe so die Freu-
„de unsers Alters, und mache nun auch Gebrauch
„von deiner Wissenschaft. Das einzige deiner
„Reise, womit ich nicht ganz vollkommen zufrie-
„den seyn kann, ist die gar zu stolze Art mit der
„du zuweilen ein dir angebotnes Amt ausgeschla-
„gen. Oft hab' ich deine Bewegungsgründe,
war-

„warum du's ausschlugst gebilligt: aber die Art,
„mit der du's zuweilen thatst, zeigte, daß du es
„schon vorher, eh es dir angetragen wurde, für
„zu unwichtig für dich hieltst. Hüte dich ja,
„mein Bester, für den zu hohen Geist, der den
„besten und größten Künstlern, den Genuß der
„Früchte ihres Fleißes oft raubt!

„Ich les' es genugsam in deinen Augen, wenn
„ichs auch nicht von dir hörte, daß du samt dei-
„nem lieben Mädchen eben so sehnlich nach häus-
„licher Glückseligkeit schmachtest, als ich und dei-
„ne Mutter in euren Jahren darnach schmachte-
„ten. Du hast Recht, mein Sohn! hast den
„wahren Nutzen aus der genauern Kenntniß der
„Welt gezogen: häusliche Glückseligkeit ist das
„Einzige wahre dauerhafte Gut des menschlichen
„Lebens auf dieser Erde. Sie allein giebt die
„Ruhe der Seelen, die zu gegenwärtigem fröhli-
„chem Genuß des Lebens und zu sicherer Aussicht
„in die Zukunft so höchst nothwendig ist. Man
„muß aber die Welt erst kennen, muß in gewis-
„sem Verstande daran gesätigt seyn, um nicht
„durch falschen Schimmer aus der Ferne von sei-
„ner glücklichen Ruhe aufgesprengt zu werden.

R   „Ich

„Ich wünsche dir Glück zu deiner Weltkenntniß,
„du hast sie ohne deinen Schaden erhalten. Ge-
„nießt nun beyde die Seligkeit des glücklichen
„häuslichen Lebens ganz.

„Wir eure Väter sind aber beyde nicht im
„Stande ohne unsern eignen Nachtheil und dem
„Nachtheile eurer Geschwister euch in dem Stand
„zu setzen, daß ihr ohne eigene Arbeit bequem
„und angenehm leben könntet: ich hoffe auch
„nicht, mein lieber Sohn, daß du den unseligen
„Hang zu einem müßigen, unthätigen Leben
„hast: hör also einen Antrag, den ich dir zu
„machen habe, ohne Vorurtheil an.

„Der pohlnische Fürst S * * * dem du in
„Rom jedes Anerbieten, mit ihm zu reisen, ihm
„eine Kapelle zu errichten, bey ihm Dienste zu
„nehmen, so stolz ausschlugst, weil du ihn für ei-
„nen unedeln Menschen hielst, der hat sich bey
„seiner Zurückkunft hier an mich gewandt, und
„mich gebeten, dich dahin zu bereden, daß du ihm
„eine Kapelle errichtest und dabey Musikdirektor
„würdest. Er bietet dir jährlich vier hundert Du-
„katen, den Winter will er stets hier in Dresden

„zubringen, und es soll von dir abhängen jedes-
„mal mit ihm herzureisen. Den Sommer über
„ist er auf seinen Gütern nahe bey Warschau.
„Da soll deine Art zu leben ganz von deinem
„Willen abhängen. Willst du mit ihm Hofleben
„führen, so sollst du einer der angesehensten an
„seinem Hofe seyn, Tafel und alle Lustbarkeiten
„mit ihm haben; willst du aber ganz entfernt
„vom Hofe, in einem kleinen Landhause häuslich
„leben, so verlangt er weiter nichts, als daß du
„so viel an Hofe kömst wie die Ordnung der
„Kapelle und die Aufführung großer Musiken er-
„fodert. Laß mich noch eins hinzusetzen, Lieber!

„Trägst du noch deshalb Bedenken, weil du
„ihn für einen unedeln Menschen hältst, so erwä-
„ge daß es dem Künstler, dem seine Kunst Ge-
„walt über das Herz des Menschen giebt, eine
„höchst erwünschte Lage seyn muß, bey einem
„mächtigen, reichen Manne, der Antrieb zu guten
„Thaten bedarf, dieß Werkzeug zu seyn, daß ihn
„zum Guten, Edlen lenkt. Du hast sein Herz
„gewonnen, gewinne nun auch von diesem das
„Glück vieler Hunderte deiner Nebenmenschen.

Her-

Hermenfried hatte keine Einwendung. Er
nahm das Amt an, verband sich mit seiner lieben
edeln Henriette auf ewig, und wählte das ihm
angetragene ruhige vom Hofe entfernte, ländlich
häusliche Leben. Vier liebe Kinder, mit die ihm
Henriette in den ersten acht Jahren ihrer Ehe
beschenkte, — alle Kinder der Liebe — machten
das Maaß ihrer Freuden überschwenglich voll.

Hermenfried war eben auf seinem Landhause,
einige Meilen von der Stadt, da der Fürst mit
unserm Gulden in Warschau ankam. Der Fürst
mußte sich einige Wochen in Warschau aufhalten,
und trugs gleich bey seiner Ankunft einigen seiner
Hofleuten auf, unsern Heinrich zu Hermenfried
hinauszuführen. Das geschah den nächsten Tag.

Die Scene in Hermenfrieds Wohnung ist
wichtig genug, einen neuen Theil damit anzufangen.

Ende des ersten Theils.